HUSCHANG GOLSCHIRI

PRINZ EHTEDSCHAB

HUSCHANG GOLSCHIRI

PRINZ EHTEDSCHAB

Roman

Aus dem Persischen
Anneliese Ghaharaman-Beck
Mit einer Nachbemerkung von
Navid Kermani

Verlag C.H.Beck

ISBN 3 406 47128 5

Zuerst erschienen 1969 unter dem Titel
«Schâede Ehtedschâb» bei Saman in Teheran

Für die deutsche Ausgabe:

Gesamtherstellung: Kösel, Kempten
www.beck.de
Gedruckt auf säurefreiem, alterungsbeständigem Papier
(hergestellt aus chlorfrei gebleichtem Zellstoff)
Printed in Germany

Prinz Ehtedschab

Prinz Ehtedschab, tief in seinem Sessel versunken, hatte die glühende Stirn in beide Hände gestützt und hustete. Einmal kam die Dienerin zu ihm herauf, ein andermal seine Frau. Fachri öffnete die Tür halb; als sie das Licht anknipsen wollte, hörte sie den Prinzen mit den Füßen aufstampfen und rannte wieder hinunter. Auch Fachronessa kam, und wieder stampfte er auf den Boden.

Als der Prinz gegen Abend gerade in die Gasse eingebogen war, hatte er im Halbschatten unter den Bäumen den Rollstuhl mit Morad, der alt und verhutzelt darin hockte, erblickt und dann auch die Frau, von der nur ein Auge zu sehen war, das aus dem Tschador hervorschaute.

«Gott zum Gruße!»

«Grüß Gott», sagte auch die Frau.

«Bist du's wieder, Morad? Hab ich dir nicht hundertmal gesagt ...?»

«Schön und gut, verehrter Prinz, aber mir geht's nicht gerade glänzend. Und als ich gemerkt habe, daß wir nichts zum Abendessen haben, da hab ich gesagt, bring den Rollstuhl, Hassani, vielleicht hilft uns der Prinz in seiner Güte!»

Und der Prinz hatte in die Tasche gegriffen und Morad ein paar Tuman in die Hand gedrückt, und der hatte gesagt: «Gott schenke Ihnen ein langes, ruhmvolles Leben, Prinz!»

Und Hassani: «Vergelt's Gott!»

Und sie hatte den Rollstuhl weggeschoben, und der Prinz war schweißgebadet weitergegangen, und das Knirschen der Räder klang ihm in den Ohren, bis er die Haustür aufgesperrt hatte.

Doch beunruhigt fühlte sich der Prinz nicht. Er reichte Fachri Hut und Stock, küßte Fachronessa auf die geschminkte Wange und stieg die Treppe hinauf. Er zog die Tür hinter sich zu und setzte sich im Finstern in seinen Sessel. Fachri ging in die Küche; als sie aber merkte, daß sie, von Besorgnis befallen, keine Ruhe fand, stieg sie hinauf. Doch als der Prinz mit den Füßen aufstampfte, lief sie wieder hinab in ihr eigenes Zimmer, setzte sich vor den Spiegel, stets auf auch das schwächste Geräusch im Zimmer droben lauschend, und wartete darauf, daß sich die Laune des Prinzen bessern und er gemessenen Schrittes die Treppe herabsteigen und *Fachri* rufen würde.

Dann würde Fachri aufstehen, sich ein Kopftuch umbinden und den Tisch decken. Und nachdem sich der Prinz die Hände gewaschen hätte, würde er *Fachronessa* rufen. Dann würde sie das Kopftuch in Fachris Schürzentasche stecken, ein anderes Kleid anziehen, sich vor den Spiegel setzen, sich geschwind schminken, sich kämmen, in das Eßzimmer gehen, sich dem Prinzen gegenübersetzen und zu Abend essen. Nachdem dann der Prinz wieder die Treppe hinaufgestiegen wäre, würde Fachri das Geschirr abräumen und abwaschen und Fachronessa sich schminken und ins Schlafzimmer gehen, bis dann der Prinz gegen Mitternacht käme und leise fragte: «Schläfst du schon, Fachronessa? ...»

Aber an jenem Abend fühlte sich der Prinz nicht so wie üblich. Er saß ganz ruhig – wie sein Sessel. Nur manchmal, wenn seine Schultern vom Husten geschüttelt wurden, drückte er die heiße Stirn gegen die Handflächen, um die Adern an der Stirn besser fühlen zu können. Oder um die spöttischen Blicke des Großvaters, der Großmutter, des Vaters, der Mutter und der Tanten, ja sogar von Fachronessa aus seinen Gedanken zu verdrängen.

Der Prinz merkte, daß ihn wieder das Fieber befallen hatte, das in seiner Familie erblich war. Er war jedoch nicht gewillt, sich dem Fieber und dem Husten auszuliefern, so wie sich dieses geräumige Zimmer ausgeliefert hatte und nun aller Antiquitäten entblößt war.

In dem Zimmer roch es modrig. Unter seinen Füßen lag ein Teppich. Die Gestalt des Prinzen füllte nur eine Ecke des von seinen Ahnen ererbten Sessels aus, und der Prinz konnte die Härte und das Gewicht des Sessels unter seinem Körper fühlen. Das Zirpen der Grillen war wie ein verworrener Knäuel, wie ein endloser Faden, der sich in der Tiefe der Nacht verlor.

Vielleicht hatten sie sich unter dem Unkraut im Garten versteckt, oder...

Ich sagte: «Fachri, zieh die Vorhänge fest zu! Ich möchte keine der verdammten Straßenlaternen da sehen.» Und Fachri erwiderte: «Lieber Prinz, lassen Sie mich wenigstens die Fenster öffnen, damit ein bißchen frische Luft hereinkommt.»

«Halt den Mund!» brüllte der Prinz. «Du tust nur das, was ich bestimme!»

Fachri hatte sich eine Schürze umgebunden. In der Hand hielt sie einen Besen. Das übliche Kopftuch mit dem Blumenmuster, die lebhaften, schwarzen Augen, der geöffnete Mund. Sie hatte eine Reihe kräftiger, weißer Zähne.

«Dann erlauben Sie mir wenigstens, daß ich die Bilderrahmen da abstaube», sagte sie.

«Nein, das ist nicht notwendig, verstanden? Du sollst dich nur um die anderen Zimmer kümmern!»

Wie klein doch Fachronessas Mund war! So klein, daß nur ein paar ihrer weißen Zähne zu sehen waren, wenn sie lachte. Sie schaute von oben herab, durch die dicken Brillengläser. Die beiden festen Linien ihres Halses waren nie gebeugt, sie fanden ihre Fortsetzung in den Formen ihrer Schultern und Arme, die von dem weißen Spitzenkleid nur halb verhüllt waren. «Was soll das ganze Durcheinander, Prinz?» fragte sie. «Du hättest das ein bißchen ordnen können. Oder dem Personal sagen, ...!» Sie strich mit ihren langen, weißen Fingern über die Mähne eines Pferdes. Das Pferd war weiß mit hellbraunen Flecken. Eine dunklere Linie führte vom Hals bis zum Schweifansatz.

Fachronessa stand neben einer vierspännigen Kutsche, in dem gewohnten weißen Spitzenkleid, das über der Brust gefältelt war, die Augen schauten hinter den dicken Brillengläsern hervor – oder auch nicht.

«Fachri, hast du Streichhölzer?» fragte sie.

Fachri holte welche aus der Schürzentasche heraus und sagte:

«Bitte schön!»

«Zünd du sie an!» gebot Fachronessa.

Sie deutete auf die Lüster. Sicher mit der Hand, die aus dem Spitzenärmel hervorschaute. Und Fachri zündete sie an. Sie zündete alle Kerzen der Kronleuchter an. Wie hell das erstrahlte! Und ganz bestimmt zwinkerte Fachronessa dabei nicht einmal mit den Augen. «Zünd auch die Kerzenleuchter an!» sagte sie. Und sie zeigte mit der Hand darauf, die ... oder vielleicht tat sie es auch nicht. «Was soll das, Fachronessa?» fragte ich. «Ist was, Prinz?» entgegnete sie. Man konnte ihre Augen nicht sehen. Nie konnte man sie richtig sehen. Die Flammen spiegelten sich flackernd in ihren Brillengläsern. Sie legte das Buch, das sie unter dem Arm trug, auf den Kaminsims, nahm ihren Rock hoch und stieg über das Durcheinander auf dem Boden hinweg, ergriff die Uhr des Urgroßvaters und zog sie auf, daß sie anfing zu ticken. Auch die Uhr des Großvaters und die des Vaters zog sie auf, und schließlich sogar die Taschenuhren. «Was stehst du da herum, Fachri?» fragte sie. «Komm, hilf mir!» Fachri half, und ich half auch. Die Uhr des Großvaters schlug laut und abgehackt. Kleine Figürchen, die Lakaien darstellten, kamen heraus, fünf an der Zahl, großgewachsen, mit dicken Schnurrbärten. Sie verbeugten sich mit vor der Brust gekreuzten Armen und verschwanden wieder. Fachronessa sagte: «Haben Sie darauf geachtet, verehrter Prinz? Das war sicherlich ein Geschenk des russischen chargé d'affaires an Seine Hoheit». Sie wischte mit dem Finger den Staub von der unteren Kante der Uhr. «Fachronessa, das macht mich ganz wirr!» sagte ich. So viele Zeiger bewegten sich über die Zifferblätter der unaufhörlich durcheinandertickenden Uhren. Kleine Figuren von Soldaten mit Gewehren in den Händen kamen heraus. Fachronessa lachte. Sie schlug die Hacken zusammen und salutierte. Die Brille war ihr auf die Nase gerutscht. Wieder lachte sie. Bestimmt waren ihre Augen feucht vor Tränen. Sie beugte sich vor und schlug sich auf die Oberschenkel. Die beiden Zöpfe lagen auf ihrer Brust. Sie hatte runde Brüste. Und lachte. Ihr Lachen erhob sich über all das Ticken und Tacken. Auch Fachri lachte. Nur ihre dicken Backen bebten.

Fachronessa runzelte die Augenbrauen. Sie hatte einen der goldenen Trinkpokale in der Hand, beugte sich vor und hielt ihn dem Prinzen vors Gesicht.

«So sieh doch, Prinz!»

Der Prinz schaute hin. Auf dem Pokal war eine nackte Frau mit lose herabfallendem Haar abgebildet. Sie hielt einen Apfel in der Hand. Eine Weinrebe mit zwei Blättern verbarg ihre Brüste. Ihr Bauch und ihre Oberschenkel waren mit Staub bedeckt.

«Fachri, meine Liebe, stell zwei davon auf den Tisch!»

«Aber die sind ...» sagte der Prinz.

«Ich möchte mal probieren, wie der Wein daraus schmeckt!»

Sie hielt jetzt einen Revolver in der Hand. «Ist der geladen?» fragte sie.

«Ich weiß es nicht», antwortete der Prinz.

«Gib mal her, Mädchen!» sagte Fachronessa.

Und sie faßte Fachri in die Schürzentasche und holte ein Staubtuch heraus. Zuerst säuberte sie den Lauf und dann ... Aber da sagte der Prinz: «Komm nicht an den Abzug!»

«Hast du Angst bekommen, Prinz?»

Sie schaute jetzt finster drein. Die Brille saß ihr noch auf der Nasenspitze. Sie hielt den Lauf auf die Wand gerichtet, säuberte ihn und legte den Revolver dann in eine herabhängende Ampel. Anschließend strich sie über die Doppelflinten und die Patronengurte und staubte dann die Enden des Hirschgeweihs ab. Sie nahm die Brille ab. Fachri stand hinter ihrer Herrin, die Hände in der Schürzentasche. Fachronessa drehte sich um und schaute zum Prinzen hin. «Der war siebzehn Jahre alt. Sicher eine Beute des Urgroßvaters.»

Und mit einer lauten, tiefen Männerstimme: «Nie hatten Wir vorher so einen Hirsch erlegt. Da fühlten Wir uns in der Tat superb. Die Untertanen bedachten Uns mit drei Stück Kaschmirstoff, zwei Füchsen und dreihundert Tuman – als Tribut!»

Sie lachte und tippte mit einem Finger an eine Kristallschale. Der spröde Klang des Kristalls war wie ein Schluck Wasser, kalten Wassers, inmitten all des Tikkens. Sie tippte nochmals daran. Jetzt war das Klingen lauter. Die Uhrzeiger krochen dahin. Langsam und bedächtig krochen sie auf die Ziffern zu, bis sich die Lakaien, Soldaten und Tänzerinnen zeigten. Das Tikken verschluckte schließlich diesen spröden Klang. Und wieder tippte Fachronessa mit ihrem langen, weißen Finger an das Glas. Der Ton des Kristalls vermengte sich mit all diesen vielen Tönen, klang weiter, schwang sich empor, breitete sich aus und übertönte all die anderen Klänge. Zuletzt war nur noch das Klingen des Kristalls zu hören, das herabrieselte und sich an dem unregelmäßigen, aber aufdringlichen Tick-Tack brach.

Auf dem Tisch lagen Dolche und Helme, dazwischen auch Federkästen aus Perlmutt. Sie nahm den Helm des Urgroßvaters in die Hand und sagte: «Komm her, Prinz!» «Bitte, laß das!» sagte ich. «Es sind noch nicht mal zwei Tage vergangen, und schon fängst du wieder damit an!» Sie stülpte mir den Helm auf. Er reichte mir bis über die Augen herab. Fachronessa, die Brille wieder auf der Nase, beugte sich vor und schaute mich von unten an. «Der paßt einfach nicht zu dir, Prinz», sagte sie. «Ghamarodowleh wird doch wohl nicht mit dem Gärtner...? Hmmm? An dir ist wirklich nicht mehr das Geringste von der Größe deiner Vorfahren!» «Reicht das noch nicht, Fachronessa?» fragte ich. Sie nahm mir den Helm ab und legte ihn auf den Tisch. Die Schränke waren voll von Kleinkram. Sie schlug mit dem Staubtuch darauf. Als Staub aufwirbelte, trat sie zurück und sagte: «Man könnte meinen, all diese Diener und Dienerinnen seien gestorben.» «Ich habe angeordnet, daß niemand...», sagte ich. Der Schlüssel war bei mir. Sie legte ihren Finger unter mein Kinn und hob meinen Kopf. Ihr Finger war kalt, genauso wie ihr Körper, der so kalt und weiß war, schmal aufgeschossen und blutleer. Ihre Brüste waren klein und rund, ihre Haare weich. «Ich liebe die Dunkelheit, Prinz», hatte sie gesagt. «Denk daran, die Lichter auszulöschen, bevor du ins Bett kommst.» Ich schaute sie an, sie hatte den Blick fest auf mich gerichtet, den Finger an meinem Kinn. «So, du hast etwas angeordnet! Dann fließen also doch noch ein paar Tropfen vom Blut deiner Vorfahren in deinen Adern!» – «Bitte, wenigstens nicht vor Fachri . . .!» Sie lachte. «Du fürchtest dich wohl vor Fachri, hmm? Sie ist ein folgsames Mädchen, Prinz.» Sie strich Fachri über die Haare. Fachri zog die Schultern zusammen, sie hatte den Blick gesenkt und starrte zweifellos auf das Muster des Teppichs. «Meine liebe Fachri», sagte Fachronessa, «wenn du morgen hier überall abgestaubt hast, werd ich dir zeigen, wo das alles hingestellt gehört. Dieser Salon ist einfach zu klein. Die Bücher kannst du in mein Zimmer bringen!» Ich hatte die Bücher vor der Wand aufgestapelt. Fachronessa fuhr mit dem Finger über den Einband eines Buches. «Ein Reisebericht von Mazendaran. Eine Lithographie. Wie viel Mühe hat es mich gekostet, ein Exemplar davon aufzustöbern. Mein seliger Vater hat sein ganzes Besitztum für ein Stückchen Opium hergegeben. Sogar seine Bücher. Du aber . . .» Und sie strich mir die Haare, die mir wohl in die Stirn gefallen waren, zurück und sagte: «Ich möchte deine Bücher entführen, einverstanden?»

Fachri, die immer noch neben ihrer Herrin stand, sagte: «Gnä' Frau, die Kerzen rußen.»

«Blas sie aus, alle miteinander!»

Fachri löschte eine nach der anderen aus und Fachronessa sagte:

«Fachri, meine Liebe, zünde das elektrische Licht an! Aber sei vorsichtig und beweg dich nicht vom Platz! Paß bloß auf die Vasen auf, mein Kind!»

Die kalten Finger Fachronessas strichen über die Ohren von Prinz Ehtedschab, über seine Wangen, sein Kinn und schließlich seinen Mund. Der Prinz küßte die Finger, die dann zu seiner Nase und zu seinen Augen wanderten. Er hatte die Lider geschlossen. Nun lagen die leichten Hände auf seinen Schultern; der Prinz streckte die Hand aus, ergriff einen der Zöpfe von Fachronessa und strich langsam über die ganze Länge des Zopfes. Der Zopf straffte sich, und der Prinz streckte seinen Arm. Etwas Kaltes, Schweres lag in seiner Hand. Fachronessa lachte und sagte:

«Du bist wirklich noch von gestern, Prinz, wie lange soll das noch so weitergehen, eh?»

Es war der Revolver des Großvaters, schwer und kalt. Das ganze Zimmer war erfüllt von dem pausenlosen, beständigen Ticken der Uhren, von dem modrigen Geruch, dem Geruch der halb abgebrannten Kerzen und dem Duft von Fachronessa, die auf der anderen Seite in der Dunkelheit stand.

Der Prinz sagte laut: «Hätte ich doch bloß die Fenster geöffnet, daß zumindest dieser muffige Geruch ...»

Und er begann zu husten. Aber er wußte, auch wenn er noch so laut hustete, könnte er nicht die großen Scheiben der Türen und Fenster erzittern lassen. Und wieder hustete er.

Prinz Ehtedschab wußte auch, daß es vergeblich war, daß er nichts vermochte, daß der Großvater immer da sein würde, wie die schwarz-weiße Photographie: Wie eine mit Stroh ausgestopfte Haut, eine Hülle, die fern von ihm inmitten all dieser Bücher und Bilder und dieser widersprüchlichen Überlieferungen weiterleben würde. Er hätte gerne gewußt, wenn auch nur seinet- oder sogar Fachronessas wegen, wollte verstehen, was unter dieser Haut, hinter dem Hell-Dunkel der Photos und zwischen den Zeilen all dieser Bücher... und laut sagte er:

«Ich muß etwas unternehmen!»

Und er hustete. Inmitten all dieser Bediensteten, Eunuchen, Lakaien und unter den Rufen: «Augen zu! Aus dem Weg!» und den Haremsfrauen und den Sklavinnen, die ins Wasserbassin hüpften und miteinander rangen ... Nackt? Der Urgroßvater hatte sicherlich gelacht, hatte geruht, sich zu freuen ... und er verteilte Goldmünzen unter ihnen, und die Frauen und Sklavinnen fielen übereinander her, eine Masse weißen, lebendigen Fleisches wogte, lachte, wimmelte durcheinander, ab und zu ragte ein Fuß oder eine Hand daraus hervor. Und wenn die Masse sich auflöste, verteilte der Urgroßvater wieder Goldmünzen. Auf der anderen Seite stand im Hintergrund der Großvater. Oder saß er vielleicht da? Ein undeutliches Bild eines kleinen, dicken oder aber eines lang aufgeschossenen, schmalen Kindes mit vollem Haar oder... und Augen ...? Mit einem Schwert, einer Mütze, Stiefeln und glänzenden Knöpfen. Und Erzieher, Wesire, Ratgeber. Der Gouverneur von ..., was weiß ich, von wo. Und wenn sich mal die Gelegenheit bot, wenn er niemanden empfangen mußte, kein Geistlicher kam, um für Seine Hoheit zu beten, kein General, um ihm die Füße zu küssen, ...

«Wie weit kann ein Sperling fliegen, wenn man ihm die Augen aussticht?»

Und er hustete laut und anhaltend. Er sah ein, daß er nichts vermochte, und er ergab sich. Er ließ den Großvater ein gewöhnliches Bild bleiben, auf einem

Thron sitzend oder auf einem zahmen Pferd – oder auch hinter dieser formlosen, lebendigen und lachenden Masse Fleisches.

Großvater strich sich über seinen dicken Schnurrbart, er hustete und bewegte sich in seinem Bilderrahmen. Nachdem sich der Staub gelegt hatte, konnte der Prinz das fahle Gesicht des Großvaters erkennen, die tiefen Furchen auf seiner Stirn und die beiden Wülste seines Doppelkinns. Der Großvater klopfte sich den Staub vom Ärmel. Sein mit Litzen besetzter Gehrock war verblichen. Der Sprung im Bild war immer noch auf Großvaters linker Schulter zu sehen. Nach und nach nahmen die schattenumsäumten, blassen Linien von Großvaters Händen Gestalt an. Aber dem Prinzen fiel es auch jetzt noch nicht ein, sich zu erheben und wie ehedem mit vor der Brust gekreuzten Armen vor ihm zu stehen und immer wieder zu wiederholen:

«Sehr wohl, Euer Gnaden!»

Aus dem fleischigen Gesicht unter den dicken, ergrauten Augenbrauen starrten die schwarzen Pupillen auf den Prinzen, auf die Wände und den Kamin. Und die Hand, nun eine Masse aus Fleisch und Nerven, streckte sich nach dem Spazierstock mit dem Silberknauf aus, der vorne auf einem Regal lag. Er säuberte den Griff mit seinem Taschentuch. Die Konturen seines Mundes waren immer noch farblos. Der Stuhl des Großvaters stand auf einem Podest. Der Jude rückte seine Brille zurecht, ließ seine Zunge im Mund rollen, schlurfte über den Boden und warf mit seinen halbblinden Augen einen schiefen Blick auf Großvaters Stuhl. Und als der Prinz sah, wie der Großvater mit dem

Stock aufstoßend auf seinen Stuhl zuging, hätte er am liebsten gerufen: «Elender Jude! Und das in Gegenwart des Großvaters!» und ihn aus dem Zimmer gewiesen. Der Jude strich sich über seinen dünnen Bart.

«Mein lieber Prinz, der Stuhl ist aus den Fugen geraten. Ich schwör's bei allen Rechtgläubigen, daß ich den nicht loskriege.»

«Elender Gauner, wenn der Großvater merkt, daß...» sagte der Prinz.

«Na ja, wenn sich vielleicht einer findet, der nach Geld stinkt, das wär was anderes.»

Es war Prinz Ehtedschab klar, daß dieser armselige Jude nicht verstehen konnte, wie schwer das war, daß man nicht einfach fünfzehn Jahre an Erinnerungen für ein Butterbrot verkaufen konnte. Aber jetzt, wo der Großvater wieder auf dem Stuhl seiner Ahnen saß und der Salon mit seinem Podest, den bunten Scheiben an Fenstern und Türen, mit den Stuckverzierungen an den Wänden und sogar mit den Stützbogen in den beiden Ecken und mit all den Spiegeln an den Wänden Gestalt annahm, das alte Geschirr in den Regalen aufgestellt war, die Kronleuchter brannten und im Kamin ein schönes Feuer loderte und diesen wohlbekannten satten Geruch verströmte, konnte er zum Großvater sagen: «Glauben Sie bitte, der Stuhl Eurer Hoheit war mir mehr wert als das ganze Geld, das...» Und der Großvater brüllte: «Konntest du nicht mal darauf verzichten?»

Und er hob den Stock mit dem Silberknauf, um dem Enkel gegen den Knöchel zu schlagen. Er schlug dann doch nicht zu und sagte:

«Es stimmt schon, daß ich viele Ländereien verkauft habe, um für die Schurkereien deines Vaters aufzukommen, aber du, zum Teufel mit dir, du hast mich für elende 10000 Tuman verkauft.»

Der Prinz wollte sagen: «Wie ich schon erklärt habe, ich hab doch nur...» Aber wenn der Großvater nun mal nicht einsehen wollte, daß man nicht mehr in der Kutsche fahren konnte, daß man nicht mehr durch die Straßen der Stadt traben konnte, daß die Pferde, der Pferdeknecht und der Kutscher etwas zum Essen brauchten, daß der alte Kutscher nicht allein die Pferde striegeln sollte und am Essen von Frau und Kindern etwas abknapsen, um es den Pferden zu geben – oder jeden Morgen die alte Kutsche waschen...

«Zu Ihren Diensten, verehrter Prinz Ehtedschab!»

Der Kutscher hielt seine alte Schirmmütze in der einen Hand, verbeugte sich tief, die andere Hand an die Brust gedrückt, und wies mit seiner Mütze auf die Kutsche. Von allen Seiten der Kutsche stieg Dampf auf. Der Prinz erstarrte plötzlich vor Verwunderung, denn die beiden Spitzen von Morad Khans Schnurrbart, die seit langen Jahren rechts und links vom Mund herabhingen, waren jetzt bis zu den Wangen aufgezwirbelt.

«Zu Ihren Diensten, Prinz Ehtedschab!»

Der Prinz stieg ein und warf sich auf die Polster. Morad Khan setzte die Mütze auf und nahm auf dem Kutschbock Platz. Er trieb mit einem *Hüh! Hüh!* die Pferde an und fuhr im Galopp über den Kiesweg durch den Garten.

«Fahr langsamer, Morad Khan!»

«Nur keine Angst, verehrter Prinz!»

Die Kutsche durchfuhr einige Straßen. Die Leute drehten sich um und schauten. Der Prinz sah, wie sich der dampfende Atem der Pferde mit dem von Morad Khan vermengte, wie sich der gebeugte Rücken des Kutschers straffte und er mit der Peitsche auf die Pferde einschlug. Die Hufeisen klapperten auf dem Asphalt der Straße.

«Brrrrr!»

An der Kreuzung zog Morad Khan die Zügel an, und der Prinz sah, wie er zusammenklappte und hinunterstürzte. Die Hufe der Pferde mußten auf dem vereisten Asphalt ausgeglitten sein. Er lag direkt zwischen den Hufen und den Rädern der Kutsche. Die Kutsche wurde weitergezogen. Er stöhnte nicht einmal, sagte nur:

«Keine Angst, Prinz, es geht gleich wieder!»

Prinz Ehtedschab wollte nun dem Großvater erklären, warum er die Dienerschaft mit Fußtritten und Faustschlägen aus dem Haus gejagt hatte, sogar Morad, und er sagte: «Dieses ewige Aufstoßen seiner verdammten Krücken hat mich ganz krank gemacht!»

Der Großvater brüllte:

«Und du Hundesohn hast ihn rausgeschmissen, daß er überall herumerzählt, was ich, der Große Prinz, nicht alles getan haben soll. Wie ich mit eigener Hand meine Mutter, diese Xanthippe, umgebracht habe. Daß ich zum Haus des Hodschatolesslam, dem Zufluchtsort der Gläubigen, gegangen bin und den Dienern Seiner Hochwürden befohlen habe: ‹Sagt ihr, sie soll herauskommen!› Die Diener gingen rein, und als sie wieder herauskamen, meldeten sie mir, dem Großen Prinzen: ‹Der Herr läßt ausrichten, jeder, der sich in seinen Schutz begebe ...› . Da gab ich den Dienern einen Stoß vor die Brust und betrat den Andarun.[1] Die Frauen, die am Wasserbecken hockten, kreischten und flüchteten in die Zimmer. Meine Mutter, diese Xanthippe, lief auch in ein Zimmer. Sie schloß die Tür und stemmte sich von innen dagegen. Und bevor noch die Diener kommen konnten und sagen: ‹Der Herr gebietet ...› hatte ich schon eine der bunten Scheiben eingeschlagen und sie mit ein paar Schüssen erledigt, so daß sie nicht noch einmal den Fehler begehen würde, im Haus Seiner Hochwürden Zuflucht ...»

Als der Prinz gerade fragen wollte: «Warum hat sie eigentlich im Haus Seiner Hochwürden Schutz gesucht?», brüllte der Großvater, der mit großen Schritten im Zimmer hin- und herging und den Stock mit dem silbernen Griff durch die Luft wirbelte: «Du, warum hast du Morad mit den gebrochenen Beinen rausgeschmissen, daß er überall herumging ...?»

«Ich hab ihm einen Rollstuhl machen lassen. Nach dem Tod seiner Frau habe ich für ihn, obwohl er schon recht betagt war, eine andere Frau besorgt, auf daß er sich irgendwohin hätte zurückziehen können. Aber als ob der klein beigegeben hätte! Schon vormittags kam er in seinem Rollstuhl über den Gartenweg gefahren, dann kam er mit Hilfe von Hassani, seiner Frau, all die Treppen herauf, und sobald ich das Quietschen der Räder hörte, wußte ich, daß er wieder einmal da war, um zu verkünden: ‹Lieber Prinz, Gholamreza Khan hat das Zeitliche gesegnet.›

«Gholamreza Khan?» fragte der Großvater.

«Können Sie sich nicht an ihn erinnern?» sagte der Prinz. «Der Sohn von Hadsch Ssamsam, der Enkel von Fachrozaman, ein leiblicher Vetter von Ihnen, derjenige, der nur bei offiziellen Empfängen sich erlaubte zu erscheinen. Und der dann immer an seiner Uhrenkette herumspielte. Er traute sich nicht, in der Gegenwart des Großen Prinzen, also in Ihrer, zu rauchen.»

«Ach so!»

«Er hat den Faulbrand bekommen. Sein Körper war ganz aufgedunsen und sein Gesicht so riesig geworden, daß er nicht mehr zu erkennen war. Gott sei ihm gnädig, er hatte einen sehr schweren Tod. Ein ganzes Jahr war er ans Bett gefesselt.»

Der Großvater schlug mit seinem Stock durch die Luft.

«Dann hast du ihn also wegen dieses Geschwätzes rausgeschmissen, eh!»

«Nein, es war nicht nur das. Nachdem er mir die Nachricht vom Tod aller leiblichen und nichtleiblichen Vettern und Basen väterlicher- und mütterlicherseits hinterbracht hatte, glaubte ich, jetzt meine Ruhe zu haben; er aber war tags darauf wieder da, noch vor dem Ruf zum Mittagsgebet. ‹Ich hoffe, bei dir ist alles in Ordnung, Morad Khan!› sagte ich. Morad Khan kaute auf seinem Schnurrbart herum und fuhr sich durch die Haare und sagte: ‹Seien Sie gegrüßt, lieber Prinz . . .›»

Hassani stand da, an eine Säule gelehnt. Nur eines ihrer Augen war zu sehen.

«Nun gut, also?» fragte der Prinz.

Morad rieb sich die Beine und drehte sich dann eine Zigarette.

«Lieber Prinz, haben Sie schon gehört, daß Hadsch Taghi entschlafen ist?»

Prinz Ehtedschab betrachtete seine Hände. Sie waren klein und weiß.

«Hadsch Taghi?»

«Er war Spezereiwarenhändler. Hatte einen winzigen Laden in dem kleinen, überdachten Bazar. Er war ein gottesfürchtiger Mann, Prinz. Nie versäumte er seine Abendgebete. Gestern abend verschied er auf seinem Gebetsteppich. Ganz friedlich!»

Und der Prinz sagte: «Sehen Sie jetzt, Großvater? Sogar wenn niemand gestorben war, kam er den Weg entlang, die Treppen herauf, drehte sich eine Zigarette und schüttete mir sein Herz aus:

«Ich gehörte zu seiner berittenen Mannschaft. Wir sattelten unsere Pferde und hängten uns die Gewehre um. Man gab uns auch ein paar Patronengurte. Der Große Prinz hatte gesagt: ‹Daß ihr mir ja keinen Leibeigenen umbringt!› Wir galoppierten zu dem Dorf Tscharoneh. Ein paar Reiter postierten wir an der Furt, damit dein Großonkel nicht entfliehen konnte. Als wir sicher waren, daß wir auf keinen bewaffneten Widerstand stoßen würden, rückten wir in das Dorf ein. Auch da keine Spur von Bewaffneten. Die Leibeigenen standen ganz verwundert vor ihren Haustüren. Der Große Prinz brüllte: ‹Zum Teufel mit euch!› Sie gingen alle in ihre Häuser rein und verschlossen die Türen. Wir galoppierten zum Herrenhaus. Der Großonkel kam uns entgegen, um uns zu empfangen. Seine

Hände zitterten. Er hatte einige Papiere in der Hand und sagte immer wieder: ‹Verehrter Herr Bruder, hier sind die Grundbücher, die Grundbücher. Ich will nichts. Nur erlaubt mir, mit meiner Frau und meinen Kindern hier in diesem Dorf zu bleiben.› Der Große Prinz kaute auf seiner Schnurrbartspitze herum. Er stieg vom Pferd und gab mir die Zügel in die Hand. Die Reiter schleiften deinen Großonkel in ein Zimmer. Sie holten auch die Kinder und seine Frau, die aus dem Dorf stammte. ‹Wie viele Junge hast du denn in die Welt gesetzt?›»

«Das hab ich nicht gefragt», sagte der Großvater, «das hab ich gewußt. Ich habe gesagt: ‹Du Bauerntölpel, im Handumdrehen hast du drei Kinder gemacht!›»

Der Prinz sagte: «Der Großonkel hielt die Grundbriefe in der Hand. Sicher klammerten sich die Kinder auch an den Rock der Mutter. Einer der Reiter hatte die Frau des Großonkels an der Hand gepackt. Und Sie schlugen zu, schlugen mit dem Handrücken dem Großonkel ins Gesicht und streckten ihn mit diesem einen Schlag zu Boden. Die Grundbücher flogen durch das ganze Zimmer. Einer der Reiter fesselte den Großonkel an Händen und Füßen. Sie legten ihm ein Kissen aufs Gesicht und setzten sich darauf. So wenigstens berichtete Morad.»

«Er hatte mich wissen lassen», entgegnete der Großvater, «dieser Grundbesitz sei auch sein väterliches Erbe. Da stehe er auf der einen Seite, ich auf der anderen! Er, der Sohn einer nichtswürdigen Bäuerin, und ich, der Große Prinz!»

Der Prinz fuhr fort: «Als Seine Erlaucht auf die Jagd gegangen war, hatte er in Tscharnujeh, einem Dorf, eine Nebenfrau genommen. Später hat ihn die Frau wissen lassen, daß sie mit einem Kind niedergekommen sei. Seine Erlaucht hat dem Kind zum Zeichen Seiner Großmut ein paar Dörfer geschenkt. – Das waren die Worte Morads.»

«Der Ehevertrag war nur für einen Monat geschlossen», sagte der Großvater.

Der Prinz fuhr fort: «Morad Khan berichtete folgendes: Der Große Prinz saß auf dem Kissen und verlangte nach einer Zigarette. Bis dahin hatte ich nie erlebt, daß er eine Zigarette in die Hand genommen hätte. Das flößte mir Angst ein, und meine Hände zitterten. Die Reiter standen an den Wänden herum. Der Mund der Frau deines Großonkels war offen, sie weinte aber nicht. Der Großonkel hatte noch geröchelt, als ich eine Zigarette drehte und sie dem Großen Prinzen reichte. Der Großonkel bewegte sich auch da noch. Ich zündete die Zigarette an. Der Große Prinz saß auf dem Kissen, rauchte und blies den Rauch durch die Nasenlöcher. Der Großonkel wand sich hin und her. Ich konnte seine Füße sehen.»

«Was war mit seinen Händen?» hab ich ihn gefragt. «Waren sie blutig?»

«Das hab ich nicht gesehen.»

«Hatten sie ihn eng gefesselt?»

«Natürlich!»

«Und die Kinder?»

«Es waren zwei Mädchen und ein Junge. Sie hatten ganz schwarze Augen, Prinz.»

«Das weiß ich ja. Was haben die Kinder getan?»

«Ich weiß nicht. Hab ich nicht gesehen.»

«Und der Großvater?»

«Ich hab's doch gesagt. Ich hab immer nur den Großen Prinzen angeschaut, der auf dem Kissen saß und eine Zigarette rauchte.»

«Und was war mit der Frau des Großonkels?»

«Ich glaube, sie hat geweint. Dann hörte sie plötzlich damit auf. Vielleicht hat sie einer der Reiter zum Schweigen gebracht.»

«Haben sie die Kinder auch zum Schweigen gebracht?»

«Wer weiß!»

«Und der Großvater?»

«Der hockte auf dem Kissen. Als die Zigarette zu Ende geraucht war, drückte er sie auf der Hand des Großonkels aus, stand auf und sagte: ‹Schmeißt sie in den Brunnen!› Zuerst schmissen wir den Großonkel rein.»

«Wie alt war er denn?»

«Ich schätze, zweiundzwanzig Jahre.»

«Und dann?»

«Dann haben wir die Frau in den Brunnen geschmissen, auch die Kinder – und obendrauf Steine.»

«Und was ist dann passiert?»

«Nichts. Als wir das Herrenhaus verlassen haben, hat der Große Prinz einen Leibeigenen erschossen. Der war einfach so hereingelaufen!»

Und Prinz Ehtedschab sah den Großvater auf seinem eingelegten, mit Edelsteinen verzierten Stuhl sitzen und den Zigarettenrauch durch die Nase blasen und die Asche in einen mit Einlegearbeiten verzierten Aschenbecher streifen. Und er gab den Großvater frei, damit er sich wie auf dem Bild hinter seine offizielle Bekleidung zurückziehen konnte. Und er hustete.

Die Großmutter raffte ihr langes, weißes Brautkleid zusammen, damit es nicht den verstaubten Bilderrahmen streifte. Als sie herabgestiegen war und bemerkte, daß ihr Herzblatt ihr keine Aufmerksamkeit schenkte, strich sie zuerst die Falten ihres Kleides glatt, dann schaute sie zum Großvater hinüber, der noch immer rauchte, und die Großmutter, auch wenn sie jetzt jung und schlank war, hustete ein paarmal kurz und trokken, wie es ihr im Alter zur Gewohnheit geworden war. Und Prinz Ehtedschab blieb einfach sitzen und hatte keine Lust, zu fragen: «Erlauben Sie mir bitte, Frau Großmutter, daß ich Ihren Arzt, Abu Nowas, rufen lasse?»

Der Vater, der noch immer auf seinem Fuchs herumgaloppierte, bemerkte, daß sich Khosrow nicht einmal erhob, um seiner Großmutter die Hand zu küssen, hielt das Pferd an und sprang ab. Ob Morad wohl auch da war? Und der Vater schlug mit der Reitpeitsche gegen seinen Stiefelschaft. Die Knöpfe seiner Jacke glänzten. Prinz Ehtedschab saß immer noch da. Seine heiße Stirn hatte er in die Hände gestützt. Das Pferd drehte sich, schaute, stampfte mit den Hufen auf den Boden, wieherte und erhob sich auf die Hinterhand. Seine Mähne füllte den Bilderrahmen ganz aus. Es trabte an und verschwand hinter den Hügeln im Bild. Ein Staubstreifen hing immer noch über dem Saum der Hügel in der Luft.

Vater war alle Farbe aus dem Gesicht gewichen. Er hielt die Mütze in der Hand, die Haare hingen ihm in die Stirn. Seine Kleidung war durchnäßt; hatte es denn so stark geregnet? Die Epauletten hingen ihm über die Schultern herunter. Er war bei Anbruch der Dunkelheit eingetroffen. Die Tanten und die Großmutter, die im Kreis um den Großvater herumstanden, gingen auf einen Wink von ihm hinaus. Die ältere Tante hatte ihren Arm um die Schulter des Großvaters gelegt.

«Erzähl schon!» sagte der Großvater.

Der Vater strich sich die Haare aus der Stirn, drehte die Mütze zwischen den Händen, riß sich die Epauletten ab und schob sie in die Tasche.

«Es ist zu Ende. Ich habe meine Demission eingereicht.»

Der Großvater umklammerte den Knauf, schlug mit dem Stock durch die Luft und stieß dessen Spitze dem Vater gegen die Brust.

«Schon gut. Jetzt mußt du für ein paar Jahre aus diesem verdammten Land verschwinden, bis Gras über die Sache gewachsen ist.»

Der Vater schaute zu Prinz Ehtedschab hin, der nun neben ihm stand. Er nahm Khosrow an der Hand. Die Hand des Vaters war kalt.

«Warum das? Ich hatte doch Befehl!»

«Du hattest Befehl? Warum hast du dann zugelassen, daß sie dir die Verantwortung zuschoben?»

«Ich hatte den Befehl, niemanden die Straße passieren zu lassen.»

Der Großvater hustete. Die ältere Tante tauchte wieder auf. Khosrow konnte nur ihren Kopf sehen.

Die Augen der älteren Tante waren ganz weiß. Großvater sagte:

«Na gut, und?»

«Dann waren sie plötzlich da. Es waren wohl einige Tausend. Ich sah nur die dunklen Umrisse ihrer Köpfe und ihre offenen Münder. Einige hielten auch Prügel in der Hand. Ich bekam Angst!»

Wieder hustete der Großvater. Die Stockspitze hatte er jetzt auf den Boden gestemmt und sich auf den Stock gestützt. Ihm war alle Farbe aus dem Gesicht gewichen, und er kaute auf seinen Schnurrbartspitzen herum. Der Vater fuhr Khosrow mit der Hand durch die Haare.

«Ich wollte nicht, daß so etwas passiert. Anfänglich glaubte ich nicht, daß sich Menschen so ganz einfach niedermachen ließen. Als sie sich in Bewegung setzten, näherten sie sich wie eine Welle. Hände, Knüppel, offene Münder. Ich gab den Befehl, das Feuer zu eröffnen. Unter Kreischen und Knattern lösten sich die Salven – und die menschliche Welle flutete wieder zurück. Die Umrisse der Köpfe verloren sich in der Ferne.»

«Ist das alles?» fragte der Großvater.

«Ich hab nicht zurückgeschaut», sagte der Vater, «aber ich nehme an, daß hinter uns nur abgeschlagene Hände lagen, die vielleicht noch einen Knüppel umklammerten.»

Wieder hustete der Großvater:

«Gut, und jetzt tut es dir wohl leid?»

Er schaute Khosrow an. Prinz Ehtedschab klammerte sich an die Beine seines Vaters. Dessen Hand lag noch auf seinem Haar. Großvater sagte:

«Oder hast du nur Angst, man könnte dich in den Kerker werfen?»

Der Husten ließ ihn nicht weitersprechen. Die Tanten kamen herein, sogar die Großmutter. Der Großvater hustete immer noch. Der Vater ging jetzt im Zimmer auf und ab. Er hielt die Mütze in der Hand und schleifte seine Reitpeitsche hinter sich her.

Vater war hinter dieser Uniform verborgen. Und hinter dem Rauch, den er in Ringen aus dem Mund blies. Und hinter den schwarz umrandeten Augen der Frauen, oder hinter den Bäumen. Der Kiesweg lag ganz im Schatten der Bäume. Weiter hinten war es noch dunkler. Die Zweige und die Blätter neigten sich wie ein Bogen über den Weg, ein grüner Bogengang. Prinz Ehtedschab war es kalt geworden; er sah, daß der Vater mit der Fußspitze gegen die Kieselsteine stieß und sich gemessenen Schrittes dem grünen Bogengang näherte. Khosrow saß auf den Randsteinen des Weges. Weil er den Kopf so weit drehen mußte, um seinen Vater mit den Augen zu verfolgen, tat ihm der Hals weh. Er hielt einen rot-weißen Ball in den Händen. Als der Vater kam und gesetzten Schrittes an ihm vorbeiging, warf er den Ball in den Wassergraben. Dann bückte er sich, und während er die Schritte des Vaters zählte, suchte er mit den Händen nach dem Ball, und er sah eine der Tanten in dem langen schwarzen Kleid, das sie gewöhnlich trug, ans Fenster treten und dem Vater nachschauen.

Der Wassergraben war grün-weiß gekachelt. Als an das Tor geklopft wurde, verschwand der Vater zwischen den Bäumen, die den Weg säumten. Die Bediensteten gingen zum Tor, und als sie zurückkamen, hielt einer einen Zettel in der Hand. Sicher nahm der Großvater ihm den Zettel ab, warf einen Blick darauf und brüllte: «Die Hundesöhne! Als ob ich auf einem Schatz sitzen würde!»

Das Husten des Großvaters war durch das Fenster zu hören. Der Großvater saß in dem Salon mit den fünf Türen. Die ältere Tante hob den Rock ihres schwarzen Kleides und stieg die Treppe herab.

«Khosrow, wo ist dein Vater?»

Prinz Ehtedschab deutete auf das Baumgestrüpp auf der anderen Seite des Weges. Die Tante lief die Treppe hinunter und zum Vater hinüber. Sie verschwand zwischen den Bäumen. Und Khosrow brauchte seinen Ball nun nicht mehr in den Wassergraben zu werfen.

Prinz Ehtedschab wußte, daß jetzt die Tanten an der Reihe waren. Und die Tanten kamen in diesen langen, schwarzen Gewändern und mit weißen Augen heran und ließen sich nieder. Der Prinz wehrte sich dagegen. Er wußte, daß hinter jenem Helldunkel auf dem Bild der Tanten viel verborgen lag. Und wenn er nur wollte, ließe sich drüben in der Dunkelheit etwas finden, vielleicht etwas Lohnendes, an Hand dessen man Fachronessa oder sogar ihn selbst aufs neue erschaffen könnte. Aber jetzt, da er ihnen die Augen mit dem Federmesser ausgekratzt hatte, wo die Tanten so weit entfernt waren, diese langen Gewänder ihre Haut bedeckten... Schon lange hatte er es aufgegeben. Und wieder umschlossen diese beiden schwarzen Wände voll Geraune den Prinzen.

«Khosrow Khan!»

«Khosrow, komm hierher!»

Die ältere Tante sagte: «Lieber Khosrow, es ziemt sich nicht für einen Prinzen, daß er dem Sohn des Gärtners den Drachen wegnimmt!»

Aber Khosrow wollte den Drachen steigen lassen. Die beiden Wände erhoben sich zu seinen beiden Seiten mit ihren von den Termiten zerfressenen Augen. Und Khosrow dachte immer darüber nach, wie er entfliehen könnte. Ein Wind wehte. Der Drachen mit dem Schwanz und den rot-grünen Bändern an den Ecken stand hoch oben am blauen Himmel. Er schaukelte jetzt nicht mehr hin und her. Khosrow ließ die Schnur schnell durch die Hände laufen, und der Drachen stieg immer höher auf. Nur noch sein Rumpf war zu sehen. Die zarten Bänder an den Ecken und der Schwanz wurden von der Bläue des Himmels verschluckt. Der Sohn des Gärtners stand neben ihm. Er beschirmte seine Augen mit den Händen. Als stärkerer Wind aufkam, hatten die zarten, blutleeren Hände des Prinzen nicht Kraft genug, um die Drachenschnur zu halten. Und der Prinz wünschte sich, der Gärtnersjunge möchte ihm zu Hilfe kommen und den Drachen wieder herunterholen. Die ältere Tante, die gerade aufgetaucht war, rief:

«Khosrow Khan, das ist wirklich zum Schämen!»

Die Schnur entglitt den Händen des Prinzen. Der Drachen wurde immer kleiner. Die rot-grünen Bänder an den Ecken und der Schwanz verloren sich auf immer im Blau des Himmels. Der Gärtnersjunge lief weg und verschwand hinter den Bäumen. Und Prinz Ehtedschab hatte immer noch den Kopf in die zitternden Hände gestützt. Aber er hustete nicht mehr.

Der Großvater fing zuerst damit an. Er hustete lang und trocken. Seine Schultern wurden vom Husten geschüttelt, und der Prinz hörte die farbigen Fensterscheiben im Salon klirren. Und er, der so klein und zart war, stand neben dem mit Edelsteinen bedeckten Thron des Großvaters. Seine Hand ruhte in der Hand seines Vaters. Der Vater trug einen mit Litzen besetzten Gehrock. Sein Schwert hing an einem Gehänge. Neben dem Vater standen die anderen in Reih und Glied: die Stiefvettern und... und auf der anderen Seite des Zimmers saßen die Geistlichen mit ihren vollen, rundgeschnittenen Bärten und mit weißen oder schwarzen Turbanen. Sie hatten die Hände vor dem Bauch gefaltet und spielten mit den Gebetsketten. Daneben auch die Reihe der Vasallen mit ihren gezwirbelten Schnurrbärten und schwarzen Filzhüten. Die Vasallen stützten sich auf Stöcke mit silbernem Knauf und starrten vor sich hin. Der Prinz drehte sich um und schaute seinem Vater ins Gesicht. Er konnte aber nur den dicken, schwarzen Schnurrbart mit den nach oben gezwirbelten Spitzen erkennen.

Von der gegenüberliegenden Tür näherte sich ein lang aufgeschossener Kammerdiener mit einem Tablett, auf dem ein Kaschmirtuch lag. Er ging um das Wasserbecken herum. Ob es in dem Becken wohl Fische gab? Die Fontänen stiegen hoch und schlank auf. Als der Diener vor dem Großvater angekommen war, verbeugte er sich. Der Großvater schob das Kaschmirtuch zurück. Das Tablett war voller Silber- und Goldmünzen und mit einem Faden oben zugebundener Säckchen. Der Großvater nahm eines der Säckchen.

Einer der leiblichen Vettern trat vor. Er küßte Großvaters Hand, Großvater drückte ihm das Säckchen in die Hand und begann zu husten. Trocken und anhaltend. All die bunten Scheiben des Salons klirrten. Die Gebetsketten der Geistlichen lagen auf deren Bäuchen. Die Vasallen drehten sich um und schauten sich das an. Der Kammerdiener stand immer noch mit dem Tablett in den Händen vor dem Großvater. Wieder überfiel den der Husten. Der Großvater zog sein weißes Taschentuch heraus und preßte es sich gegen den Mund. Als er sich mit bebenden Schultern vorbeugte, klirrten die bunten Fensterscheiben aufs neue. Der Vater ließ die Hand von Prinz Ehtedschab los. Und wieder erblickte der Prinz die Gebetsketten. Als sich erneut das trockene, anhaltende Husten erhob, hörte der Prinz die Kronleuchter klirren, und er sah, daß sich die Reihe auflöste. Jetzt konnte der Prinz den Großvater nicht mehr sehen. Doch er hörte immer noch sein Husten und erblickte eine Menge Leute, die in den vielen Standspiegeln bis ins Unendliche reichten.

Sie saß mit eingefallenen Wangen unter den Frauen. Die Mutter hatte ihr schwarzes Spitzenkopftuch unter dem Kinn zusammengeknotet. Die Termiten hatten die Augen der Frauen zu beiden Seiten und hinter der Mutter zerfressen. Die Mutter erhob sich zwischen all den Frauen. Sie streckte eine Hand aus, die bisher hinter einer der Frauen verborgen gewesen war, in der Hoffnung, daß Prinz Ehtedschab sich erheben und sie ergreifen würde. Doch der Prinz saß gesenkten Hauptes da. Die Mutter hatte kleine, weiße Hände mit grün schimmernden Adern. Und der Prinz wußte, daß die

Mutter nun die Frauen auf dem Bild eine nach der anderen anschauen würde. Sie raffte den langen Rock ihres Kleides zusammen und blieb direkt vor dem Großvater stehen. Sie knickste und küßte die Hand des Großvaters, dann die der Großmutter.

Das Husten des Großvaters war trockener und leiser geworden. Die Tanten kamen und gingen lautlos. Der Arzt Abu Nowas erschien, in den Duft eines Suds gehüllt, in seinem weiten Obergewand unter dem grünen Bogengang. Seine Kusine väterlicherseits, Fachronessa, saß noch in ihrem Rahmen. Sie hatte eine Nelke im Mundwinkel und ein großes, ledergebundenes Buch auf ihrem Schoß, ihre schmalen, weißen Finger lagen darauf. Die Lesebrille hielt sie in der rechten Hand. Fachronessa putzte mit einem weißen Taschentuch ihre Brille, setzte sie wieder auf und erhob sich. Sie hielt ihren weißen Spitzenrock fest, schritt über das Buch, das inzwischen auf den Rankenornamenten des Teppichs lag, hinweg und stieg herab. Sie stellte die Nelke, die sie im Mundwinkel gehalten hatte, in eine Vase und strich sich mit den langen, weißen Fingern den Staub aus den Haaren. Und Prinz Ehtedschab, der wußte, wie ungeschickt Fachri war und daß sie immer vergaß, sich zwei Haarsträhnen in die Stirn zu ziehen, schrie: «Schmier dir nicht so viel Rouge auf deine dicken Backen. Du mußt lernen, dich wie Fachronessa zu schminken, verstanden? Außerdem muß der verdammte Schönheitsfleck an deinem linken Mundwinkel sein, nicht über deinem Bäurinnenmaul.»

Fachri heulte. Sie verbarg ihr Gesicht, das von den Schlägen des Prinzen brannte, in ihren Händen. Ihre dicken, fleischigen Schultern waren in ein abgelegtes Kleid ihrer Herrin gezwängt.

«Schon gut, Prinz, aber schließlich war sie eine Dame, eine richtige Dame. Außerdem, was soll ich bloß mit meinen Händen tun? Fachronessa hatte schmale, weiße Finger.»

Der Prinz wischte Fachris Tränen ab. Er nahm ihre dicken, fleischigen, nach Seife und Lehmverputz riechenden Hände in seine weißen und blutleeren.

«Gräm dich nicht, ich hab diese Hände gern, gerade diese Hände. Und versuch, dich wie Fachronessa zu schminken, laß dir die Haare über die Brüste fallen, ein paar Strähnen auch in die Stirn. Und zieh jeden Abend das weiße Spitzenkleid mit dem festonierten Kragen an!»

Fachri umklammerte die heißen Hände des Prinzen und drückte ihre Lippen darauf. Sie kniete sich vor ihn hin.

«Was ist mit dem Geschirr? Wer soll das Geschirr spülen? Wer soll die Zimmer ausfegen?»

Der Prinz fuhr Fachri durchs Haar. Dann wischte er mit dem Daumen ihre Tränen ab, die jetzt in einer Rinne über die Schminke liefen.

«Das ist Fachris Geschäft. Du bist die Herrin dieses Hauses, verstanden? Fachri muß das Geschirr spülen und die Zimmer ausfegen. Und wenn ich sie in den Hintern kneife, soll sie schallend lachen und in die Küche laufen.»

Fachronessa legte letzte Hand an ihre Schminke. Die Nelke stand noch in der Vase.

Die Tanten standen in ihren langen, schwarzen Gewändern und mit termitenzerfressenen Augen neben dem Großen Prinzen. Der Großvater hatte es sich in seinem Lehnsessel bequem gemacht. Der Vater trat vor und stellte sich vor den Großen Prinzen hin, er schaute die Tanten an, dann das Muster des Teppichs und sagte schließlich:

«Erlauben Sie mir, mich zu entfernen!»

«Wohin?» fragte der Großvater und hustete, und der Vater sagte: «Ich bin des ständigen Gerangels mit den Leibeigenen müde, ich bin erschöpft.»

Die Tanten hielten die Schultern des Großvaters fest, der sagte:

«So, erschöpft bist du also? Kannst nicht mehr deinen Mann stehen! All die vielen Dörfer und die vielen Leibeigenen haben dir zugesetzt. Willst du wieder irgendjemandes Lakai sein? Gut, wie du möchtest. Wenn du willst, gehe. Aber wisse, daß du dann nicht mehr mein Sohn bist.»

Auch die Tanten fingen an: «Für uns ist es einfach unerträglich, daß du, die einzige Hoffnung des Prinzen, dich als Lakai bei anderen verdingen willst.»

Und die jüngere Tante sagte: «Bruder, hör auf damit. Gerade jetzt, wo ...»

Und sie zeigte auf den Großvater. Der Vater ballte seine Hände zur Faust. Als er bemerkte, daß Khosrow neben ihm stand, strich er über das weiche Haar von Prinz Ehtedschab.

«Schauen Sie, verehrter Herr Vater, Landbesitz bringt nichts mehr ein. Sie selber sind darüber informiert ...»

Großvater streckte die Hand nach dem Stock aus,

den die ältere Tante in der Hand hielt. Die jüngere Tante sagte: «Du willst also für Geld und ein höheres Einkommen für die als Lakai arbeiten?»

Und sie weinte. Sie legte ihren Kopf auf die Schulter der älteren Tante. Der Großvater hustete. Der Medikus Abu Nowas stand bei ihm. Als der Husten aufhörte, schob ihn der Große Prinz weg und sagte: «So, Landbesitz rentiert sich nicht mehr? Damals, als ich ein Dorf weggab, um dein und deiner Eltern unwürdiges Leben zu retten, rentierte er sich noch. Als ich für deine Extravaganzen bezahlte, hat er sich noch rentiert. Aber jetzt, da ich meinem Ende zugehe und du dich als Stütze der Familie um alles kümmern solltest, jetzt rentiert er sich plötzlich nicht mehr, eh?»

«Erlauben Sie, verehrter Vater, ich will doch nicht...»

Und der Großvater brüllte: «Geh zum Teufel! Mein Sohn, der Sohn des Großen Prinzen, darf sich nicht diesen Parvenues andienen und sich von ihnen eine Medaille an die Brust heften lassen. Zum Kotzen!»

Prinz Ehtedschab wußte, daß seine Mutter jetzt weinen würde. Und er sah die Mutter aufstehen, in den Bilderrahmen zurückkehren, sich setzen und ihre Tränen trocknen. Der Hintergrund von Mutters Bild war ganz weiß. Wieder hustete der Großvater, und wieder klirrten die bunten Pokale. Großmutter hustete nicht. Der Duft des Suds erfüllte das ganze Zimmer und lag sogar draußen über dem Kiesweg. Großmutter sagte: «Lieber Prinz, dein Sohn ist jetzt erwachsen. Er weiß selber, was er tut.»

Die ältere Tante sagte: «Forughssoltan, es wäre besser, wenn Sie ...»

«... nichts sagten!» fuhr die jüngere Tante fort.

Die Großmutter hustete. Sie drückte sich das Taschentuch an den Mund. Ihre Schultern bebten, aber sie sprach weiter: «Lieber Prinz, nur dieser eine Sohn ist mir geblieben, und da läßt du diese falschen Schlangen da ...»

«So, falsche Schlangen! Ich bin also eine falsche Schlange!»

Die jüngere Tante weinte und legte ihren Kopf auf die Schulter ihrer älteren Schwester.

Der Große Prinz sagte: «Halt du jetzt mal den Mund!»

Und er umklammerte die Lehne seines Sessels. Alle verstummten. Mutter weinte in ihrem Rahmen.

Ein Pferd kam hinter den Hügeln hervor. Sein Sattel und sein Geschirr glänzten in der Sonne. Es wieherte. Khosrow drehte sich um und schaute hin. Prinz Ehtedschab hatte den Kopf gesenkt, aber er sah, daß sich das Pferd auf die Hinterhand erhob. Seine Mähne bedeckte auf dem Bild alle Hügel. Die Fransen an dem Kopfstück des Zaumes hingen ihm über die Augen. Morads Schnurrbartspitzen reichten ihm bis zu den Ohren, und sein Schatten fiel auf die Fensterscheiben und auf den Teppich. Der Vater fragte: «Morad Khan, hast du das Pferd gesattelt?»

Khosrow weinte auch. Und Prinz Ehtedschab sah, daß die Tanten bis zu dem Bogengang aus Blättern und Zweigen hinter Vaters Pferd herliefen.

Vier rotbraune Pferde mit schwarzem Geschirr zogen die Kutsche. Die Mähnen und Schweife der Pferde waren schwarz. Die Samtbespannung des Verdecks war auch schwarz. Sicher führte Morad Khan eines der Handpferde am Halfter und ging zu Fuß nebenher. Prinz Ehtedschab, die Großmutter und der Vater saßen in der Kutsche. Im Spiegel war das finstere Gesicht des Vaters zu sehen. Die Samtbespannung im Inneren der Kutsche war rot. Die Fransen an den Litzen des Samtbezugs der Polster waren weich. Es war die Kutsche des Großvaters. Und weiter vorne schwankte eine schwarze Tragbahre über einer Menschenmenge. Morad Khan trug einen Gehrock und einen schwarzen Schal um die Schultern. Lakaien, die ebenfalls schwarze Schals umgebunden hatten, drängten die Leute zurück. Der Vater hatte schwarze Handschuhe an. Reiter trabten zu beiden Seiten der Kutsche. Der Prinz sagte: «Ich möchte zu Fuß gehen!»

«Du kommst nur unter die Pferde», sagte die Großmutter.

«Egal, ich möchte aber aussteigen!»

Der Vater packte Khosrow fest an den Handgelenken. Sein Gesicht war finster. Die Knöpfe seines Gehrockes glänzten. Der ganze Weg war mit Wasser besprengt. Zu beiden Seiten standen die Menschen. Die Frauen hielten ihre Kinder an der Hand. Sie hockten sogar auf den Bäumen und auf den Dächern. Reiter zogen vorbei. Sie hatten den Großvater auf die Tragbahre gelegt und ein Stück Kaschmirstoff über ihn gebreitet. Er hustete nicht mehr. Sein Schnurrbart hing herab. Die Falten seines Gesichts hatten sich geglättet. Seine Stirn glänzte. Nur die Mutter und die

Tanten weinten. Die jüngere Tante hatte ihren Kopf auf die Schultern ihrer älteren Schwester gelegt und schluchzte. Reiter kamen und trabten vorbei. Die Tanten saßen in der Kutsche hinter ihnen. Die Mutter saß in der allerletzten Kutsche. Zu beiden Seiten der Straße standen die Menschen hinter den Straßengräben und den Bäumen. Die Großmutter war nicht dabei, nur der Vater und die Mutter. Die Tanten saßen in der Kutsche hinter ihnen.

Morad Khan, in schwarzer Samtkleidung, schwarzen Hosen, mit schwarzen Wildlederhandschuhen, glänzenden Stiefeln und einer Lammfellmütze führte ein Pferd am Halfter und ging zu Fuß nebenher. Weiter vorne liefen viele neben einer Tragbahre her. Die Mutter weinte. Die Bahre der Großmutter war da vorne. Auf einem smaragdgrünen Kaschmirtuch standen drei mit Eis gefüllte Schalen und Gefäße für Rosenwasser. Vier Blumenvasen standen auf den Ecken des Kaschmirtuches, zwei zwischen den Schalen. Eine Schatulle mit Koranauszügen stand ganz vorne. Dort, wo auch ein Buchständer war. Die Leute waren über die Koranauszüge gebeugt, die auf den Buchstützen lagen oder aber auf dem Schoß, und lasen darin, ruhig und still. Ihre Köpfe hoben und senkten sich. Die Koranvorleser rezitierten Suren unter den Kronleuchtern mit ihren vierzig Kristallarmen oder hinter kupfernen Weihrauchkesseln. Drüben, wo niemand stand, waren mit Lämpchen behängte und mit Federn geschmückte Schreine aufgebaut. Es ging kein Wind. Waren die Federn grün und rot oder schwarz? ... Sie waren schwarz.

Der Prinz vernahm nur ein Durcheinander von unverständlichen Lauten. Die Kronleuchter bewegten sich nicht. Man hatte alle Kerzen angezündet. Der Vater hielt den Prinzen nicht am Handgelenk fest. Der Prinz schaute auf die Knöpfe seines eigenen Gehrocks; er sagte: «Mutter, ich möchte aussteigen!»

«Du bist jetzt erwachsen», entgegnete die Mutter und weinte. Der Prinz schritt neben Morad Khan einher. Weiter vorne schwankte die Tragbahre mit dem Vater. Morad Khan sagte: «Wir müssen alle mal sterben, Prinz!» Und er schaute auf seine Stiefel. «Ihr Vater war ein guter Mann, Prinz!»

«Das weiß ich», entgegnete der Prinz.

Prinz Ehtedschab wußte, daß der Großvater in seinem Bilderrahmen saß und der Vater auf seinem Fuchs über die Hügel trabte.

Die Koranvorleser sprachen durcheinander. Der Prinz stand da, um all die vielen vorbeizulassen. Sie begruben den Vater zu Füßen des Großvaters und der Großmutter. Sie bückten sich über die Koranauszüge und lasen darin. Weitere Exemplare wurden unter die Leute verteilt. Die Vorleser rezitierten mit lauter Stimme. Die Tanten saßen schon lange in ihren Bilderrahmen. Ihre Augen waren ausgekratzt. Auch die Mutter weinte nicht mehr. Und der Prinz hustete.

Als sich die Tür öffnete, erblickte Prinz Ehtedschab diese zwei schwarzen Augen, die von einem bunt gemusterten Tschador eingerahmt waren. «Wo ist Fachronessa?» fragte der Prinz.

Als sich der Tschador öffnete, enthüllte er nach und nach die feingemeißelte Nase, die roten Wangen, ein Lächeln und die Zähne, und schließlich ... da sagte der Prinz: «Ich hab dich gefragt, wo Fachronessa ist, mein Kind!»

Der Gebetsschleier rahmte die Augen mit einer Bewegung der dahinter verborgenen Hand wieder ein. Und die Augen waren schwarz und lebhaft, mit leuchtenden Pupillen. Die langen Schatten der Wimpern reichten bis zum Rand des Tschadors. Nachdem sie mit den langgezogenen, kräftigen Linien der Augenbrauen und einer Bewegung des Kopfes auf die Treppe gedeutet hatte, wußte der Prinz selber nicht, wie er all die vielen Stufen hinaufgestiegen war. Als er auf die Terrasse trat, saß da Fachronessa – ihm den Rücken zugewandt – in dem gefältelten Spitzenkleid. Zwei lange Zöpfe fielen bis auf die schmalen Fältchen in der Taille hinab. Der Prinz blieb stehen. Seine Augen folgten den zarten, fließenden Formen ihrer Schultern und den undeutlichen Linien ihrer Arme, die durch das Kleid hindurchschimmerten. Als sein Blick das Polster des Stuhles erreichte, löste er sich von ihren Konturen und starrte auf den weißen Nacken mit den feinen Härchen. Fachronessa saß auf ihrem Drehstuhl. Daneben stand ein Tisch. Der Prinz bemerkte eine Kristallkaraffe mit einem Henkel, zwei hochstielige Kristallgläser und zwei Schälchen mit Gaz[2] und Nüssen. Die Karaffe war zur Hälfte gefüllt. Fachronessa hatte immer noch dem Prinzen den Rücken zugewandt. Der Prinz trat weiter vor. Über die zarte Linie ihres Halses und die Fältchen auf der rechten Schulter hinweg erblickte er einen großen, in Leder gebundenen Folianten und ihre schmalen, weißen Finger. Fachronessa legte die Finger in das Buch und schloß es. Sie drehte sich um, und bevor der Prinz diesen spöttischen Blick hinter den Brillengläsern gewahren konnte, sagte sie: «Bitte, setzen Sie sich doch, Khosrow Khan!»

Prinz Ehtedschab warf einen Blick auf das Geländer, auf die Kiefernzapfen, auf die Spitze der Kiefer, die über das Geländer hinausragte.

«Ich wollte nicht stören, aber ich habe gesehen ...»

«Ja, Sie haben gesehen, daß Sie allein sind und daß es jetzt, nach dem Tod Ihrer Mutter, angebracht ist, Ihre Verlobte aufzusuchen. Bitte, nehmen Sie Platz!»

Der Prinz setzte sich auf einen Stuhl auf der anderen Seite des Tisches.

«Wußten Sie denn, daß ich kommen würde?»

Fachronessa griff nach dem Henkel der Karaffe. Während sie Wein eingoß, vermeinte der Prinz das Glucksen und Gurren von Turteltauben zu hören.

«Bitte schön! Es ist hausgemachter Wein. Ich glaube, er ist sieben Jahre alt. Ich habe ihn aus Dschalilabad bringen lassen.»

Der Prinz betrachtete die feinen, einer Miniatur gleichenden Linien von Fachronessas Gesicht, die so nah und doch so fern waren und schließlich bis zum Kinn und den Formen des langen, weißen Halses führten, der bis zu den Falten des Spitzenkleides reichte. Aber als er die Wölbungen der Brüste, die sich in den Falten verloren, verfolgen wollte, sagte Fachronessa: «Bitte, dafür ist noch Zeit genug!»

«Ja, richtig!»

Und der Prinz leerte das Glas. Der Wein war bitter, und als er ihm die Kehle hinabrann, hatte er das Gefühl, daß ihm Schweiß auf die Stirn trat.

«Sieben Jahre ist der alt?» fragte der Prinz.

«Ja, es ist der Wein, den Ihre selige Frau Mutter am Tage unserer Verlobung hat keltern lassen.»

Der Prinz starrte auf Fachronessas weiße und lange Finger. Sie hatte vier Finger auf die Tischkante gelegt. Und die andere Hand ... Der Prinz bemerkte, daß sie von diesem dicken Buch verdeckt war.

«Was ist das denn für ein Buch?» fragte er.

«Die Erinnerungen unseres hochwohlgeborenen Ahnherrn.»

«Und Sie, wozu lesen Sie denn so etwas?»

Wieder schlossen sich diese langgestreckten weißen Finger, die wie fünf weiße Fischlein aussahen, um den Griff der Karaffe, und wieder erklang das Gurren der Turteltauben in dem Glas.

«Trinken Sie noch eins. Die Ärzte sind der Meinung, daß Wein gegen Hämorrhoiden ...»

Und sie lachte. Prinz Ehtedschab schaute abermals auf die zwei zarten Fältchen in den Mundwinkeln und die zwei Reihen weißer und kleiner Zähne.

«Hämorrhoiden?» fragte er.

Wieder benetzte der bittere Trank die Kehle des Prinzen. Als er ein Gaz aus der Goldfolie wickelte, entgegnete Fachronessa: «Sehen Sie, wenn wir uns kennenlernen wollen, müssen wir da anfangen, bei unseren Ahnen.»

Fachronessa hielt das Buch hoch und der Prinz sah, daß sich dort, wo auf ihrer linken Wange ein Schönheitsfleck war, ein Grübchen befand, und er trank wieder von dem Wein.

«Glauben Sie mir, dieser Urahn litt unter nichts anderem als unter Hämorrhoiden. Mal hat er Blutungen, mal müssen sie operiert werden, mal hat ihm sein Leibarzt, Abu Nowas, das Reiten verboten, mal muß er ein Abführmittel einnehmen, oder er hat Wein getrunken – in seinen privaten Räumen, verborgen vor den Augen der Dienerschaft, um vielleicht dadurch von den Hämorrhoiden erlöst zu werden. Und so geht es weiter.»

«Na gut, was ist daran lesenswert?»

«Ganz recht, aber es ist doch ein Problem, warum unsere Vorfahren immer nur an ihren geschätzten Gesundheitszustand, ihre geschätzten Gedärme, ihre geschätzten Hämorrhoiden denken. Und wenn sie damit keine Probleme haben und sich auch keiner findet, dem sie, z.B. dort an den Blumenrabatten Ihres Hauses, die Kehle durchtrennen lassen können, warum schwingen sie sich dann auf ihre Pferde und ziehen mit all diesen Herrenjägern, Hofschreibern, Oberlakaien, Kammerdienern, Oberschützen, Hofgeistlichen und Leibärzten über Berg und Tal und fallen über Hirsche, Steinböcke, Fasanen, Hasen und was sonst noch alles her? Und warum nehmen sie sich, wenn sie müde und zerschlagen zurückkommen, auch noch eine Nebenfrau? Warum überreichen sie am nächsten Morgen dem einen ein Ehrenkleid und lassen dem anderen den Kopf abschlagen und sein Besitztum konfiszieren?»

Prinz Ehtedschab schlug die Beine übereinander. Er legte die rechte Hand auf die Tischkante und zählte seine Finger, einen nach dem anderen. Und dann hob er die Karaffe, um das Gurren der Turteltauben zu hören. Fachronessa sagte: «Ein guter Wein!»

Und der Prinz fühlte, wie ihm wieder der Schweiß auf die Stirn trat. Dann fragte er: «War's vielleicht deshalb, weil sie nichts zu tun hatten?»

«Nichts zu tun? Nein! Dieses hochgeschätzte Wesen da hatte nämlich von früh bis spät auch nicht eine Minute Ruhe. Er mußte ein paar Millionen Menschen kommandieren, all diese Eingaben paraphieren, er mußte auspeitschen und köpfen lassen, das Erbe der Vasallen konfiszieren, mit all den Speichelleckern und Jasagern, all den Parasiten verhandeln und ihnen ihr Eigentum abluchsen, und das auch, ohne daß etwas davon durchsickerte. Ist das denn keine Arbeit? Das Sichherumschlagen mit den Geistlichen und mit den mit Prügeln bewaffneten Theologiestudenten, die nur eine günstige Gelegenheit abwarteten, bis Hochwürden einen für vogelfrei erklären würde? Das Dirigieren und Zufriedenstellen all der Mädchen und tugendhaften Frauen, die im Harem herumwimmelten und nur darauf warteten, daß ein Eunuche, ein Sklavenjunge noch eine Spur von Männlichkeit besaß. All das soll keine Arbeit sein? Denken Sie doch mal, ein Mann und all diese Jungfrauen, all diese Frauen mit schwarzen Augen und Augenbrauen, all diese Jünglinge mit eben sprießendem Bart, die seiner Hoheit zum Geschenk gemacht wurden. Dazu diese elenden Hämorrhoiden mit den Blutungen und dieser noch elendere Abu Nowas, der ihm den Beischlaf verboten hatte.»

Sie schaute den Prinzen an, der die Stirn runzelte: «Was ist mit Ihnen, was für eine Rolle spielen Sie bei diesem Wettstreit?»

«Von welchem Wettstreit sprechen Sie denn?»

Fachronessa lachte. Sie lachte schallend. Die Falten zu beiden Seiten des Mundes zogen sich bis zu dem Kinn hinunter. Der Schönheitsfleck verschwand in der feinen Linie auf der linken Seite.

«Dann leben Sie wirklich hinterm Mond! Zwischen diesem Urahn und all diesen vornehmen Vorfahren wird ein ungewöhnlicher Wettstreit ausgetragen. Ein Wettstreit um die Anzahl der Frauen und die Menge des vergossenen Blutes. Jeder wollte den farbenprächtigsten Harem haben und ...»

Sie rückte ihre Brille zurecht und blätterte in dem Buch. Durch die Brille beobachtete sie den Prinzen. Einer ihrer Zöpfe hing ihr über die linke Brust.

«Soll ich Ihnen etwas vorlesen?»

Der Prinz leerte sein Glas bis auf den letzten Tropfen, entkernte eine Pistazie und schob sie sich in den Mund. Fachronessa schaute ihn immer noch an: «Soll ich, ja?»

Und sie las:

> «Heute fühlten Wir Uns nicht besonders wohl. Die Treiber hatten die Berge durchkämmt. Die Gefolgsleute bedeuteten Uns, aufzusitzen. Wir nahmen Abu Nowas zu Unserer Begleitung mit. Man berichtete Uns, daß ein Bär ausgemacht worden sei. Es war kalt. Wir hatten vergessen, Unser Wams und Unseren Pelzrock überzuziehen, aber Wir ritten weiter. Alamdar Khan, der Jagdmeister, berichtete, die Treiber hätten den Bären in den Hinterhalt gelockt. Wir bemerkten, daß sich Abu Nowas fürchtete, und ordneten an,

daß er zu unserem Biwak zurückkehren sollte. Wir machten Uns mit dem Gefolge auf in Richtung Berge. Der Jägermeister meinte, es sei besser, abzusitzen. Wir gingen zu Fuß weiter. Der Weg führte bergan. Das Gefolge blieb zurück. Trotz Unseres Alters sind Wir ein besserer Bergsteiger als sie alle. Die Hundesöhne beißen die Hand, die sie füttert. Oben angekommen, setzten Wir Uns hinter einen Felsen. Agha Beik erklärte, der Bär müsse sich in einer bestimmten Höhle befinden. Wir legten Uns hinter einem wilden Mandelbaum auf die Lauer. Das Gefolge war inzwischen auch eingetroffen. Ihnen war alle Farbe aus dem Gesicht gewichen. Agha Beik warf ein paar Knallkörper in die Höhle, die etwas mehr als drei Meter von uns entfernt war. Der Bär kam heraus. Er war sehr groß. Wir hatten noch nie einen so riesigen Bären erlegt. Wir brannten ihm mit Unserer französischen Fünfzehner, einer ausgezeichneten Schrotbüchse, eine auf den Pelz, so daß er sich überkugelte. Die Diener brachen in Dankgebete aus. Agha Beik überreichte Uns noch an Ort und Stelle ein Pferd und eine russische Büchse zur Belohnung. Es war eine gute Jagd. Wir ordneten an, den Bären zu häuten und den Pelz Fachrossaltaneh zu schikken. Auf dem Rückweg zum Biwak berichtete Alamdar Khan, der Bär habe noch gelebt und einen der Diener verwundet. Die Jäger hatten fünfunddreißig Hirsche, zwanzig bis dreißig Hasen und zwei Steinböcke erlegt. Einer der Hirsche war fünfzehn Jahre alt. Moghtaderolmolk war sehr stolz auf sich. Wir befahlen, ihm das russische Gewehr als Belohnung zu geben. Das Mittagsmahl wurde uns in einem Zelt geboten. Im Harem war es zu Unruhen gekommen.

Hadschebodowleh kam und berichtete, daß sich die Frauen um das Bärenfell gestritten hätten. Am späten Nachmittag ging es Uns wieder schlecht. Der Leibarzt Abu Nowas verabreichte Uns einen Kräutersud. Der Gauner steht bei Uns seit zehn Jahren im Brot und versteht noch immer nichts. Fachrossaltaneh hatte Uns ausrichten lassen, sie erwarte Uns in dieser Nacht. Sie ist ein gutes Mädchen, aber sie ist zu sehr von sich eingenommen. Wir ließen ihr ausrichten, sie möge nicht auf Uns warten. Das taten Wir mit Rücksicht auf den Harem. Ebrahim Beik beräucherte Uns mit wilder Raute. Er meinte: ‹Sicherlich liegt der Fluch eines bösen Blickes auf Hochdero Person!› Das brachte Uns zum Lachen. Er ist ein guter Diener.»

Fachronessa nahm ihre Brille ab. Sie schloß das Buch, ihr Finger lag aber immer noch zwischen den Seiten.

«Sehen Sie jetzt, wie sehr Sie noch hinter dem Mond leben?! Der Urahn war in dieser Nacht sicher mit einem neu erworbenen Mädchen, vielleicht mit einer Georgierin ...»

Der Prinz sagte: «Solche Jagdkünste sind nichts Bemerkenswertes; jeder kann aus einer Entfernung von zwei bis drei Metern, dazu mit Schrot ...»

Fachronessa lachte: «Und was ist mit den Mädchen?»

Fachri stand jetzt neben der Terrassentür, die schwarzen Augen von dem geblümten Tschador umrahmt.

«Gnä' Frau, es ist angerichtet!»

«Geh schon, wir kommen gleich!»

Fachri drehte sich um, und der Prinz sah auf die Schultern und die Taille und die zarten Linien ihres runden Hinterteils. Der Tschador umspannte ihre Figur.

«Fachri ist noch Jungfrau», sagte Fachronessa. «Soll ich Sie Ihnen zum Geschenk machen, damit Sie auch anfangen können? Obwohl ich weiß, daß Sie in dem Wettstreit mit Ihren Ahnen keinen guten Platz belegen werden.»

«Sie ist ein sehr hübsches Mädchen», entgegnete der Prinz.

«Nur ihre Augen sind schön», sagte Fachronessa, «sie selber weiß das auch.»

Und sie goß auch sich selbst Wein ein und leerte das Glas in einem Zug. Sie legte das Buch auf den Tisch und ihre Brille darauf. Der Prinz schaute Fachronessa in die Augen. Auch Fachronessas Augen waren schwarz. Aber sie zwinkerte nicht. Ihre Pupillen waren klar.

«Ihre Augen sind auch schön!»

Fachronessa goß dem Prinzen nach. «Daran ist nicht viel zu loben. Solche Pferde taugen nicht für Wettrennen. Ein geschenktes Pferd läuft besser.»

Der Prinz bedeckte mit seiner Hand die langgestreckte, weiße Hand Fachronessas, die auf dem Buch lag. Fachronessa sagte: «Wissen Sie, um das Rennen zu gewinnen, dürfen Sie Ihre Zeit nicht mit solchen Spielereien vertun, Sie dürfen nicht vom Thema abweichen.»

Sie warf ihren Zopf mit der rechten Hand nach hinten. Der Prinz starrte auf die Vertiefung zwischen ihren beiden Brüsten, die klein und rund waren. Er nahm ihre Hand.

«Und was ist mit dem Großvater?»

«Er hat seine Zeit vertan. Man sollte täglich höchstens einem oder zweien den Kopf abschlagen und zwei oder drei Hirsche und Steinböcke erlegen, damit man dann nachts ein geschenktes Pferd besteigen kann oder aber auch umgekehrt. Aber man soll sich nicht nur an eine Sache hängen, an eine gewöhnen. Der Großvater hatte sich an etwas gewöhnt, nämlich an den Anblick von Blut. Er liebte die Farbe des Blutes. Er hatte sogar angeordnet, den Griff seines Schwertes mit Rubinen zu verzieren, mit großen Rubinen. Ein oder zwei Spritzer Blut vielleicht sind genug, um den Stuhlgang anzuregen, wenn es aber mehr wird, wenn sich jemand daran gewöhnt, wenn jemand nur einen Wettstreit gewinnen möchte, nein, das hat keinen Sinn.»

Der Prinz trank seinen Wein aus und betrachtete die Wangen Fachronessas, die sich gerötet hatten. Fachronessa spielte an ihrer Brille herum und an dem Ledereinband des Buches.

«Aber so, wie Sie sagen, war Großvater wenigstens in einer Disziplin ...»

«Nein, in keiner. Er hat beide Spiele klar verloren.

Genau das war sein Fehler. Man gewinnt entweder beide Spiele oder keines. Wenn du einem den Kopf abschlagen läßt, mußt du auf jeden Fall seine Tochter oder die Tochter seines Bruders oder sogar eine seiner Frauen oder eine aus seiner Familie zur Nebenfrau nehmen, um den Zwist beizulegen. Schließlich kann man leichter mit einem Mädchen fertig werden, das weint, schwarz trägt, das sogar versucht, sich die Schminke vom Gesicht zu wischen und sich die Haare zu raufen. Sie sehen, wie einfach die ganze Sache ist. Denn das Mädchen hat natürlich auch Angst vor dem Ruf nach dem Scharfrichter oder davor, daß ihr Bruder, der gerade erst Diener in den Frauengemächern geworden ist, gebunden und ausgepeitscht wird. Der Großvater hat sich zu viel zugemutet. Er hatte nur viele Feinde, war aber selbst ein Niemand. Ein einfacher Statthalter, den sein Vater jeden Moment entlassen konnte. Er ließ sich keine Zeit, er wollte das, was seine Ahnen in zwanzig bis dreißig, ja vielleicht sogar in fünfzig Jahren erreicht hatten, in fünfzehn Jahren erreichen. Er lud Gruppen von Leuten ein und vergiftete sie, er hat den Stammesführern das Dach überm Kopf angezündet, und da er abends müde war, konnte er auch nicht die geschenkten Rösser besteigen. Die Pferde wurden widerspenstig und schlugen aus. Zudem bereute er immer alles, und diese Reue hielt jeweils eine ganze Woche an.»

Sie erhob sich: «Möchten Sie etwas über die Reue des Großvaters hören?»

«Nein», sagte der Prinz. «Natürlich nur dann nicht, wenn Sie es erlauben!»

«Ich finde es ganz schnell. Das wird außerdem Ihren Appetit anregen. Diese Reue- und Bußbekenntnisse wirkten wie ein starkes Abführmittel, so daß man sich nachher wieder der Völlerei hingeben konnte.»

Ihr weißes Gewand fiel ihr bis auf die Füße hinab. Ihre Zöpfe lagen jetzt auf den Brüsten. Als Fachronessa auf den Treppenabsatz trat, betrachtete der Prinz ihren weißen Nacken und die geschwungenen Linien ihrer Schultern und ihrer Hüften, er schaute auf den Grund des Glases und dann in Fachronessas Gesicht, die sich wieder auf ihren Drehstuhl gesetzt hatte und in den Memoiren des Großvaters blätterte. Und aus den Augenwinkeln heraus den Prinzen anschaute, ohne zu lachen.

«Es dauert doch ein bißchen, bis ich es gefunden habe. Sie langweilen sich hoffentlich nicht?»

Der Prinz goß sich Wein ein. Der Wein war tiefrot. Das Glas lief über, und der Wein floß auf das Tischtuch und in einem kleinen Rinnsal bis zur Kante des Tisches. Der Prinz starrte auf die roten Tropfen, die vom Tisch hinunterliefen, und er goß weiter und schaute zu. Als er die leere Karaffe auf den Tisch stellte, sagte Fachronessa: «Wenn Sie wollen, lasse ich noch mehr kommen. Wir haben ein ganzes Faß voll davon.»

«Nein», sagte der Prinz, «in diesem Wettstreit habe ich keine Chancen.»

Er trank den Wein aus. Schluck für Schluck. Und nach jedem Schluck betrachtete er den Wein und den Satz, der sich jetzt gebildet hatte. Fachronessa las ihm vor:

«Esfahan ist heute tatsächlich das Balch der Vergangenheit, das als *Heimstätte des Islam* bekannt war. Abgesehen von den Geistlichen und Mollahs und den Erzählern von Heiligenlegenden und Predigern ...»

Sie sah den Prinzen an: «Nein, das ist es nicht, aber nun gut ...»

Sie blätterte. Und der Prinz wußte, daß der Großvater in diesem dicken Folianten unmöglich den Namen von Monireh Khatun vergessen haben konnte. Und er ließ zu, daß Monireh Khatun mit ihrem warmen, lebendigen Fleisch wieder zum Leben erweckt wurde. Und Monireh Khatun hob Khosrow hoch und drückte ihn sich an die Brust. Ihre Brüste waren warm. Sie sagte lachend: «Gefällt dir das, Khosrow Khan?»

Der Prinz legte seine Arme um Monireh Khatuns Hals. Die Handflächen von Monireh Khatun waren schweißnaß. Sie hatte die beiden Knie Khosrows umfaßt und rieb sie an sich. «Gefällt dir das, Khosrow Khan?»

Und sie rieb noch heftiger. Monireh Khatuns Körper war warm und fleischig. Der Prinz legte ihr seine Ärmchen noch enger um den Hals. Er hatte den Kopf zurückgebeugt und schaute Monireh Khatun in die Augen. Ihre Haare flossen über seine Schultern. Sie hatte sich an die Wand gelehnt. Dann streichelte sie ihn mit der Hand. Den Prinzen überlief ein Schauder, er fühlte, wie sein Körper entblößt wurde. Immer noch streichelten ihn die dicken, schweißnassen Finger

Monireh Khatuns, die fragte: «Gefällt dir das, gefällt dir das?»

Es gefiel dem Prinzen überhaupt nicht. Von dem Zimmer auf der anderen Seite war die Stimme des Harem-Scheichs zu hören, der laut und gedehnt von der großen Tragödie[3] berichtete. Er hörte das Weinen der Großmutter, der Mutter und all der Frauen, die in dem großen Salon saßen. Großmutter hatte gesagt: «Beweg dich bloß nicht weg von hier!» Aber Khosrow war weggelaufen. Monireh Khatun saß in ihrem eigenen, kleineren Zimmer. Sie hatte einen Gebetsschleier umgeworfen. Nur ihre schwarzen Augen schauten heraus. «Kommst du wieder zum Spielen, Khosrow Khan?» fragte sie. Sie legte ihren Schleier ab, nahm Khosrow Khan an der Hand und führte ihn in den Abstellraum.

Durch eine Dachluke fiel Licht herein. Sie fragte: «Gefällt dir das?» Dann setzte sie sich hin. Der Prinz saß auf den riesigen Schenkeln Monireh Khatuns. Seine beiden Beine waren zwischen diesen beiden Fleischmassen eingeklemmt. Immer noch streichelte ihn Monireh Khatun und fragte: «Gefällt dir das?»

Der Kopf des Prinzen ruhte zwischen den beiden warmen, schwitzenden Brüsten von Monireh Khatun. Die Brüste bebten. Ihr Atem ging schnell. Sie lag jetzt auf dem Rücken. Dem Prinzen war warm geworden, und er sagte: «Ich möchte gehen. Ich möchte nicht mehr weiterspielen. Das gefällt mir nicht, das gefällt mir nicht.»

«Möchtest du nicht ein nacktes Pferd besteigen, hm?» fragte Monireh Khatun.

Das Licht fiel auf ihren Nacken. Die Hände des Prinzen lagen auf den bebenden Hügeln von Monireh Khatuns schweißnassen Brüsten.

«Noch ein bißchen!» bettelte sie. «Noch ein bißchen!»

«Ich will nicht. Das gefällt mir nicht», entgegnete der Prinz.

Und er brüllte laut: «Großmutter!»

Monireh Khatun erhob sich. Ihre Hände zitterten. Der Prinz starrte auf ihre Brüste. Die Haare fielen ihr über die Schultern.

«Wart halt! Laß mich dir die Kleider anziehen!»

Ihre Hände zitterten. Die Großmutter fragte: «Wo warst du denn?»

Der Prinz setzte sich hin. Die Mutter streckte ihren Kopf vor. Die Stimme des Harem-Scheichs erklang.

«Ich hab mit Monireh Khatun gespielt. Wir haben Reiterles gespielt.»

«Dieses Drecksweib hat wieder...», sagte Großmutter.

Und die ältere Tante fragte: «Was ist los, Forughssoltan?»

«Nichts!»

Die jüngere Tante nahm Khosrows Hand. Komm, setz dich zu mir, Khosrow!»

Auch die Großmutter zog an einer Hand: «Nein, bleib hier!»

Die Stimme des Harem-Scheichs war laut und gedehnt. Die Großmutter saugte an dem Mundstück der Wasserpfeife. Rund herum im Zimmer saßen Frauen. Die jüngere Tante zerrte wieder an Khosrows Hand.

Der Prinz zerrte auch. Die ältere Tante stand auf und ging weg. Auch die anderen Frauen erhoben sich. Nur die Mutter blieb sitzen und die Großmutter. Großmutter murmelte:

«Schließlich ist sie doch gegangen!»

Und sie blies den Rauch aus. Die jüngere Tante rückte näher. Der Prinz setzte sich neben die Großmutter. Die jüngere Tante sagte:

«War er wieder bei Monireh Khatun, Forughssoltan?»

Die Frauen weinten. Die Großmutter beugte sich vor, die jüngere Tante beugte sich auch vor. Der Prinz hörte nur die Stimme des Harem-Scheichs und sah seinen Schatten auf dem Vorhang. Auch den Schatten seiner Wasserpfeife konnte er erkennen. Ghamar, die schwarze Dienerin, beugte sich herab und sagte: «Seine Hoheit lassen sagen ...»

«Sobald der Scheich zu Ende gekommen ist, dann gerne!»

Ghamar setzte sich hin und ergriff die Wasserpfeife. Sie hatte weiße Geschwüre an den Augen. Unter ihrem Kopftuch schauten ein paar graue Strähnen hervor.

Der Prinz hörte die laute, rauhe Stimme des Großvaters:

«Forughssoltan!»

Fachronessa blätterte noch immer in dem Buch. Der Prinz rief:

«Man konnte ihr Schreien bis in den Garten hören. Glauben Sie mir, sogar bis zu den Bäumen und bis zum Tor! Sicher brannten sie ihr ein Mal ein. Laleh Agha[4] behauptete das wenigstens.»

Doch Fachronessa war nur eine farblose Kontur. Wie die Frauen auf den Miniaturen, die überall an die Wände des Saales gemalt waren. Unter einer Trauerweide stehend oder neben einem Bach sitzend, mit wirren Haaren, einen Kelch in der Hand. Fachronessa hielt das Buch in der Hand, eben jenes dicke, ledergebundene Buch, und las:

> «Bei Gott, es war nicht meine Schuld. Mein Vater hatte den Befehl erteilt, und ich habe das, was ich nie hätte tun dürfen, getan, um mich der Anschuldigung zu erwehren, mit den Stammesfürsten zu kollaborieren. Es war meines Vaters Befehl, und er mußte ausgeführt werden. Ein paarmal beschloß ich, Selbstmord zu begehen, um mich von allem zu befreien. Aber mir war klar, daß es aus religiöser Sicht verboten ist, einen Menschen zu töten. Und dann hätte ich Schwierigkeiten sowohl in diesem als auch in jenem Leben bekommen. Gott und sein Prophet seien meine Zeugen, daß ich eines Tages zu Sseiyed Habib sagte: ‹Sattle mein Pferd!› Wir ritten zusammen aufs Feld hinaus. Ich drückte ihm einen Revolver in die Hand und flehte ihn an: ‹Um deiner Ahne Zahra willen, erlöse mich.› Sseiyed Habib weinte und sprach: ‹Was sagen Sie da!› – ‹Was für eine Antwort soll ich dereinst deinem Ahnherrn[5] geben?› erwiderte ich. ‹Wie kann ich ihm ins Gesicht schauen? Ich bin mit einer weltlichen Gerechtigkeit einverstanden. Tu du das bitte, damit Gott mir vielleicht meine Sünden vergibt.›

Doch er sprach: ‹Hodschadsch ebn Yussof hoffte trotz all seiner Mordtaten auf Gottes Gnade!› Er küßte meine Hände und Knie, er wollte noch tiefer gehen, aber das ließ ich nicht zu. Ich küßte sein Gesicht. Unterwegs erlegte ich zwei Hasen mit Schrot. Der Sseiyed erzählte, er habe, er wisse selber nicht mehr wo, gelesen, Hadschadsch habe eines Tages einem Bettler ein paar Groschen gegeben und gesagt: ‹Bete für mich!› Der Bettler habe auch jeden Abend für ihn gebetet. Als Hadschadsch gestorben war, erschien er eines Nachts dem Bettler im Traum und fragte ihn: ‹Warum betest du nicht für mich?› Der Bettler antwortete: ‹Ich habe geglaubt, daß für Sie nichts mehr getan werden könnte und mein Gebet wirkungslos sei.› Hadschadsch aber sagte: ‹Auf Grund deiner Fürbitten wurden mir viele Sünden verziehen.› Der Bettler fragte: ‹Gibt es da noch Hoffnung?› Und er antwortete: ‹Natürlich, fahre mit deinen Gebeten fort!›»

Fachronessa saß da auf ihrem Stuhl. Sie hatte das Buch in der Hand und die Brille auf der Nase. Der Prinz erzählte: «Ich hab gesagt: Ich möchte sie sehen, Laleh Agha!» Er entgegnete: «Kümm're du dich um deine Lektionen!» – «Ich möchte aber!» – «Also gut, aber nur, wenn du nicht weinst!» – «Ich wein schon nicht!» – «Wenn Mollah Hossein gegangen ist, geht es in Ordnung! Aber nur eine Minute. Einverstanden?» – «Einverstanden!» entgegnete ich. Das kleine Zimmer war leer. Der Teppich lag auf einer Seite zusammengerollt. Man hörte ihr Stöhnen. Schwach, aber anhaltend. «Du hast doch keine Angst?» fragte Laleh Agha. – «Nein.» Er hielt mich an der Hand. Er war sehr groß. Das Stöhnen kam aus dem Abstellraum. Laleh Agha schob den Riegel an der Tür zurück, ich sah nur einen Lichtstrahl und das weiße Gesicht von Monireh Khatun. Ihre Lider waren geschlossen. Ich fragte: «Laleh Agha, warum haben sie ihr den Kopf abrasiert?» – «Hast du sie jetzt gesehen?» Ihr Kleid war zerrissen, man konnte ihre großen Brüste sehen. Ihre Hände waren an zwei in den Boden geschlagenen Nägeln festgebunden. Ihre Füße waren in einen Block gelegt. Sie jammerte. «Schau gut hin, wir wollen gehen!» sagte Laleh Agha. Er sagte das laut. Die Lider öffneten sich, und Monireh Khatun drehte den Kopf. Ihre Hände bewegten sich. Das Licht fiel auf ihre nackten Arme, und sie sagte: «Bist du das, Khosrow Khan? Bist du gekommen, um mit mir zu spielen?» Sie lachte, ihre Brüste bebten, und sie lachte. «Ich fürchte mich, Laleh Agha!» sagte ich. Laleh Agha faßte mich an der Hand. Monireh Khatun brüllte: «Kommst du, daß wir miteinander spielen, Khosrow Khan? Möchtest du ein nacktes Pferd besteigen, hm? Monireh Khatun besteigen, die angetraute Ehefrau Seiner Durchlaucht? Möchtest du?» Sie lachte. Laleh Agha schloß die Tür zum Abstellraum. Sie lachte immer noch, laut! «Ich hab dir doch gesagt, sie ist verrückt geworden», erklärte er. «Warum?» fragte ich. «Sie haben ihr ein Mal aufgebrannt. Sie haben sie an beiden Armen festgehalten und ihr mit einem glühenden Eisen ein Mal aufgebrannt.»

Prinz Ehtedschab hatte den Kopf gesenkt und in seine beiden Hände gestützt: Warum nur hab ich das Bild des Urgroßvaters verbrannt? Großvater hatte geschrieben: «Mirza Habib ist ein wahrer Sseiyed. Er hat mir viele gute Ratschläge gegeben. Er sprach von dem Meer der göttlichen Gnade und Vergebung und davon, daß er demgemäß handeln müsse und ich ihm das verzeihen möge.» Monireh Khatun hatte sicher gebrüllt: «Erbarmen Sie sich meiner, Prinz, ich habe gefehlt.» Der Großvater stand unter der Weide, oder war es eine Heckenrose? Er schaute zu. Er hatte den Dienern aufgetragen, Sseiyed Habib ein Stück Stoff und vierzig Goldmünzen zu überreichen. Er hatte geschrieben: «Gott möge ihm ein langes Leben schenken. Sseiyed Habib ist ein sehr guter Mensch.»

Und Prinz Ehtedschab fragte: «Was ist mit dem Vater, Frau Fachronessa?»

«Ihr Vater hätte das Rennen gewinnen können. In ein oder zwei Stunden machte er alles zuschande, was seine verehrten Ahnen in Jahren erreicht hatten. Es ist kein Spaß: mit einem knappen Befehl konnte er eine ganze Straße voll Menschen mit seinen Tanks und Panzerspähwagen zermalmen. Das haben Sie selbst gesagt. Schade nur, daß er zu schnell klein beigegeben hat.»

Und dem Prinzen fiel auf, daß Fachronessa genau wie auf dem Bild ganz fern und fremd war. Er sah den Staub auf ihrem schwarzen Haar. Und er hustete. Als der Husten seine Schultern erbeben ließ, als er sah, daß er nicht mehr in der Lage war, ... da war ihm klar, daß er beginnen mußte, daß er, egal wie, ... und er sagte laut: «Wo nur?»

Er hustete; Fachri deckte den Tisch und ging auf ihr eigenes Zimmer, knipste das Licht an und setzte sich vor den Spiegel. Sie kämmte ihr Haar und ließ die Strähnen über ihre rechte Schulter fallen. Ein paar Locken zog sie sich auch in die Stirn und schaute in den Spiegel. Sie betrachtete ihre dicken, roten Backen und kämmte wieder ihre Haare. Und ließ sie nun über die linke Schulter fallen. Sie stand auf und versuchte mit dem Rücken zum Spiegel ihren Nacken zu sehen. Als aber die offenen Haare wieder über den Rücken fielen, nahm sie einen Handspiegel, hielt ihn sich hinter den Kopf und stellte sich vor den Spiegel. Sie warf sich die Haare wieder über die rechte Schulter. Ihr Nacken war weiß und hatte eine angenehme Form. Dieselben zarten Linien wie bei ihrer Herrin. Sie sah, daß zwischen ihren schwarzen Haaren ein weißes Haar versteckt war. Sie faßte danach. Zuerst verfehlte sie es, dann nahm sie eine Strähne in die Hand und zupfte das weiße Haar heraus.

Der Prinz hustete. Fachri zog eine Schublade heraus, durchwühlte die Schminksachen ihrer Herrin, holte deren kleinen Spiegel heraus und klappte ihn auf. Auf der einen Seite war ein Bild der Herrin und von Prinz Ehtedschab, die nebeneinander standen. Der Prinz hatte schütteres Haar, die Haare der Herrin waren dick und schwarz. Sie wischte das Glas über dem Bild sauber und konnte nun auch das Schönheitsfleckchen ihrer Herrin erkennen, sogar die beiden zarten Linien in ihren Mundwinkeln, dann die trüben Augen hinter den Brillengläsern: Was für ein Theater hat er gemacht, als ich ihre Brille aufsetzen wollte. Er hat gesagt: «Du sollst Fachronessa sein, aber nicht mit all ihren Ticks und ...» Das Gesicht des Prinzen war ganz dunkel angelaufen, wie eine Brombeere. Er hat die Brille genommen und sie zu den Schminkutensilien der Herrin geworfen.

Fachri faßte in die Schublade. Die Brille lag dort, wo sie jeden Abend lag. Sie setzte sie auf und betrachtete ihre Augen im Spiegel, die noch hell waren: Fachronessa hat nie mit den Augen gezwinkert. Sie hat nur immer in Büchern geblättert, vom frühen Abend bis Mitternacht. Auch tagsüber. Sogar wenn sie vor dem Spiegel saß und ich ihr das Haar kämmte. Sie hat dann immer gesagt: «Fachri, meine Liebe, leg mir die Haare über die Schultern, nicht so!» Und weitergelesen. Nur ihre Lippen haben sich bewegt. «Gnä' Frau», hab ich gesagt, «was steht denn da drin?» – «Soll ich dir was vorlesen?» hat sie gefragt. «Ja!» habe ich geantwortet und sie hat die Geschichte von der ‹Feste Steinregen› vorgelesen.[6]

«Das ist doch alles Lüge, gnä' Frau», hab ich gesagt.

«Ich weiß», sagt sie da, «aber ich möchte wissen, wie mein edler Vorfahre dabei noch ruhig schlafen konnte.»

Sie wischte das Bild mit Fachris Rock sauber. Fachronessa lachte. Prinz Ehtedschab runzelte die Augenbrauen: Wie immer! Aber wie sehr hat er an jenem Abend gelacht. Der hat wirklich Nerven! Und das im Angesicht der Toten. Ich hab richtig Angst bekommen.

Sie hielt das Bild vor den Spiegel und betrachtete auch ihr Spiegelbild: Wenn nur mein Gesicht ein wenig schmaler wäre! Wenn mir bloß der Prinz erlauben würde, die Brille aufzusetzen! Er sagt: «Deine Augen sind noch nicht schwach.» Er hat mir eine Feder in die Hand gedrückt und gesagt: «Ich bin dein Hauslehrer.» Warum konnte er kein Kind zeugen? Auch Fachronessa konnt' nicht schwanger werden.

Sie beugte ihren Kopf weiter vor und betrachtete den Nacken auf dem Bild und dann ihren eigenen: Der Prinz meint, mein Nacken sei jetzt wie der von Fachronessa, wenn er nur ein bißchen... Ich kann da nichts machen. Er hat es gern, sein Gesicht zwischen meine Brüste zu legen. Dabei schläft er auch schnell ein. Ich kann sagen, so oft ich will: «Lieber Prinz, ich krieg keine Luft mehr. Genug jetzt!», aber er hört nicht darauf. Sagt: «Der Großvater hat jede Nacht mit einer Jungfrau geschlafen.» Und auch: «Ich bin kein richtiger Mann mehr. Sonst müßte ich mich nicht nur mit dir begnügen.» Kein richtiger Mann mehr? Aber er will jede Nacht! Und dann legt er seinen Kopf zwischen meine Brüste und schläft gleich ein. Ich sag: «Lieber Prinz, ich möchte auch schlafen.» Schließlich bin ich allein mit der ganzen Arbeit! Wenn ich früh aufstehen will und mich an die Arbeit machen, dann sagt er: «Fachronessa hat immer bis gegen Mittag geschlafen!» Nun gut, ich möchte auch schlafen. Aber wer soll dann die ganze Arbeit tun? Wie kam es nur dazu, daß ein Prinz mit mir...? Ich kann sagen, so oft ich will: «Prinz, heiraten Sie mich, was soll ich denn nur tun, wenn ich schwanger werde?» Er antwortet nur: «Fachronessa, von dir hätte ich so etwas nicht erwartet!» Ich bin doch nicht Fachronessa! Ich bin

Fachri. Gott sei Dank ist er impotent. Was sollte ich anderenfalls bloß mit einem Bastard tun? Aber einer wie der versteht so etwas nicht.

Sie betrachtete das Bild und ihr eigenes Gesicht und malte ein Schönheitsfleckchen direkt neben ihren linken Mundwinkel. Der Prinz hat immer gesagt: «Das Schönheitsmal gehört neben den linken Mundwinkel, nicht über dein Bauernmaul.» Und hat mich geschlagen.

Sie machte den Schönheitsfleck ganz schwarz. Sie lachte wie das Bild und sah, daß das Fältchen neben dem Mund darüber hinweglief. Während sie das Bild anschaute, kämmte sie sich. Sie beugte sich vor: Wenn er ein weißes Haar sieht...

Doch sie fand auch nicht eines. Sie legte das Bild neben den Wandspiegel, löste ihre Schürze und steckte sie in die Tasche ihres Kleides. Das Kopftuch steckte in der Schürzentasche: Wenn nur meine Taille ein wenig schlanker wäre... Doch ich mag tun, was ich will, es hilft alles nichts. Und die Augen da... Wenn doch nur dieses Mal immer haften bliebe. Wenn die Herrin in einem Buch gelesen hat, hat sie laut gelacht. «Lies!» hat der Prinz gesagt.

«Ich kann doch nicht lesen und schreiben», hab ich geantwortet.

Und er: «Ich bring es dir bei!»

Sie stand auf und trat zum Kleiderschrank und strich über die Kleider. Alle waren aus weißer Spitze: Warum nur kauft er mir nicht mal ein anderes Kleid? Ich hab's wirklich über. Sie nahm eines der Kleider heraus, trat vor den Spiegel, hielt es vor sich hin, schaute in den Spiegel, beugte sich vor und betrachtete ihr Bild: Immer nur festonierte Kragen wie das Kleid ihrer Herrin, dasjenige, das . . . Von ihrem Mundwinkel ist Blut auf das Leintuch gesickert, und der Fleck ist immer größer geworden. «Verehrter Prinz!» hab ich gesagt. «Das gehört sich nicht vor der Toten!» Der Prinz hat mein Gesicht zu sich hergezogen und mich in die Backe gebissen. Ich hab mich wieder weggedreht. Der Körper der Herrin hat sich unter dem Leintuch bewegt. Wie schmal er doch war. Ich hab aufgeschrien. «Ja, so ist es gut!» hat der Prinz gesagt. Der hat wirklich Nerven, der Prinz!

Sie legte das weiße Spitzenkleid über die Armlehne des Stuhles und zog ihr Kleid aus. Ihre nackten Arme waren weiß und dick. Sie bückte sich und faltete das Kleid zusammen. Dann legte sie es in einen Metallkoffer, der in einer Ecke des Zimmers stand. Sie schob den Riegel vor: Von früh bis spät muß ich immer nur fegen. Ich hab wirklich genug!

Sie stellte sich vor den Spiegel und betrachtete ihre Arme und ihre Brüste; die Vertiefung dazwischen, das Mal neben ihrem Mundwinkel und die Flut schwarzer Haare, die ihr auf die Schultern fielen: Immer legt er seinen Kopf auf meine Brust. So was hat er bei Fachronessa nie getan. Warum hat er bloß gesagt: «So ist es gut, schrei, schrei!»?

Sie zog das Kleid an und rückte die Brille zurecht. Das Kleid saß wie angegossen. Nur um die Schultern war es ein bißchen eng, und es drückte ein wenig am Busen. Sie zupfte den Kragen zurecht und warf sich die Haare über die rechte Schulter und die rechte Brust: Wie hat es die Herrin nur gemacht, daß ihr die

Haare immer über die linke Brust fielen? Sie saß da und las. «Ich möchte auch Bücher lesen, Prinz!» hab ich gesagt. «Schon gut!» hat er geantwortet. «Ich werde dein Hauslehrer sein!» In diesen Büchern war immer nur die Rede von dem Urahn oder ich weiß nicht von wem.

Sie nahm den Gürtel in die Hand: diese verdammte Taille!

Sie schloß den Gürtel, setzte sich auf den Stuhl und beugte den Kopf. Sie nahm den kleinen Spiegel, betrachtete sich darin und schielte zu ihrer Herrin hin, die schräg neben dem Prinzen stand. Sie strich sich die Haare glatt, merkte aber, daß sie gleich wieder durcheinander gerieten, und kämmte sie abermals: In dem Bett kann man bequem schlafen, kann die Beine lang ausstrecken und zur Decke schauen. Und die Blumen und Knospen aus Gips ansehen, die kleinen Engel, die aus den Petunienblüten herauskommen, die vielen kleinen Spiegel. Warum ist nur einer der Flügel zerbrochen?

Sie schaute ihr Schönheitsmal an: Die Herrin hat immer gesagt: «Ich glaube an nichts. Das ist was für Ignoranten, für die, die sich von früh bis spät abrakkern müssen und abends doch kein Plätzchen haben, wo sie ihr Haupt niederlegen könnten. Gott gebe, daß der Prinz bald aufsteht und wir zu Tisch gehen können. Das Essen wird schließlich kalt! Der Prinz auf dieser Seite und ich auf der anderen. Warum nur kann er keine Kinder kriegen? Ich hätte so gerne zehn Kinder, Söhne und Töchter, alle so hübsch wie . . .»

Sie hatte den Kopf immer noch gebeugt. Ihr glattes Haar leuchtete im Spiegel: Das Kopftuch ist auch für soche Gelegenheiten gut, dann legt sich kein Staub auf die Haare und kein ... Der Prinz hat gesagt: «Fachri muß sich abrackern, nicht du!» Alles recht und gut, das ist eben das Los mancher Menschen. Aber warum hat er nur die Bücher verbrannt?

Ihre Augen waren trübe geworden, und sie konnte jetzt nicht mehr alles genau unterscheiden. Die Linie zwischen ihren Brüsten jedoch und das Schönheitsmal, das konnte sie noch erkennen. Warum bloß steht er nicht auf? Was ist nur heute abend mit ihm los? Gott verhüte, daß ...

Als sie lachte, fiel ihr auf, daß sich die Falten in ihren Mundwinkeln vertieften. Sie schaute genauer hin, konnte aber das Schönheitsfleckchen in ihrem Mundwinkel in der Falte nicht erkennen. Die Linien wurden unklar. Ihr Haar war eine schwarze, fließende Masse, die bis auf ihre linke Brust reichte. Die Augen hinter den dicken Brillengläsern zwinkerten nicht, und nun konnte sie dort im Spiegel hinter diesen bebenden, kräftigen und fließenden Linien ihre Herrin Fachronessa erkennen: Könnt ich doch bloß ein Kind kriegen! Ich konnt' sagen, so oft ich wollt': «Besorgen Sie wenigstens eine Dienerin für all die Arbeit!» Er hat nur gemeint: «Fachri wird schon fertig damit!» – «Ganz allein?» – «Die kann das. Das weiß ich!» hat er gesagt. Er hat mein Haar gestreichelt: «Fachronessa, du setzt dich doch sonst nicht aufs hohe Roß!»

Ihr Hals war langgestreckt und die Brüste größer: Ja, wenn er nur eine Dienerin besorgt hätte, eine, die all das viele Geschirr ... ich ganz allein ...

Sie klappte den kleinen Spiegel zu, legte ihn in die

Schublade und schloß sie. Sie legte die Hände auf die Armstützen und lehnte sich zurück: Wenn er doch bloß runter käme! Wie könnte man in diesem Haus eine Dienerin festhalten, bei all dieser Arbeit. Und diesem Nörgler! Abgesehen davon, daß sich der Prinz in der Küche oder hinter der Tür versteckt und, sobald Fachri mit dem Tablett in der Hand vorbeigehen will, die Dienerin in den Hintern kneift und ihr, anständiger Leute Kind, mit der Hand in den Ausschnitt faßt...

Laut sagte sie: «Wirklich, Prinz, es ist eine Schande, in Ihrem Alter und als Derwisch!»

«Mein Urgroßvater hatte hunderte Haupt- und Nebenfrauen», sagte der Prinz. «Hunderte. Und jede Nacht eine andere. Stell dir das mal vor, Fachronessa! Er hat auch nicht eine Musikantin ausgelassen. Und ich nur mit dir...»

Der Prinz hustete und hörte die bunten Fensterscheiben klirren.

Fachronessa sagte: «Gut, was hat das mit der Gegenwart zu tun? Zudem mit der Dienerin im Haus? Ein Prinz mit einer Dienerin! Wenn das die Leute merken, wenn deine Stief-Cousins und -Cousinen davon Wind bekommen?»

«Zur Hölle!» entgegnete der Prinz.

Er sagte auch: «Weißt du, Fachronessa, der Großvater hat befohlen, Monireh Khatun ein Zeichen einzubrennen. Sie haben ihr da ein glühendes Eisen draufgedrückt, wo...»

Fachri sagte: «Woher soll ich das wissen? In diesen Büchern stand nichts davon, meine Lese- und Schreibkünste sind auch...»

«Ich höre sie immer noch schreien!» sagte der Prinz. «Mit einem glühenden Eisen, Fachronessa! Sicher hat der Großvater gesagt: ‹Jetzt werden's sich die anderen schon überlegen!›»

Und er hustete. Fachri saß immer noch vor dem Spiegel: Von diesen Tagen wollte sie nichts wissen. Sie hat mich nur durch ihre Brillengläser angeschaut.

Sie warf einen schrägen Blick hinüber. Im Spiegel sah sie ihre Herrin sitzen, mit diesen Augen, die einen aus den Brillenwinkeln heraus anstarrten. Sie wischte den Spiegel mit ihrem weißen Taschentuch sauber. Ihre Körperlinien flossen ineinander. Ich hab gesagt: «Prinz, als ich einmal raufging, mit dem Teetablett in den Händen, fragte die Herrin...» «Deine Dienerin», hat der Prinz gesagt. Und ich: «Sie hat gesagt: Fachri, gefällt dir das auch?» «Nein, gnä' Frau», entgegnete ich. «Warum lachst du dann so schallend?» – «Weil er mir mit der Hand in den Ausschnitt faßt» – «Hast du auch schon mit ihm geschlafen?» wollte sie wissen, und ich hab *nein* geantwortet.

Sie schaute in den Spiegel. Ihre Augen waren starr und sie zwinkerten nicht. Als sie zwei zarte Falten auf ihrer Stirn sah, sagte sie:

«Es ist eine Schande, Fachri, wenn wenigstens...»

Das hatte sie laut gesagt. Sie streckte ihre Hand aus und wollte ein Teeglas von dem Silbertablett nehmen: Es war doch nicht meine Schuld. Wenn der Prinz das wollte, wenn die Herrin immer nur dasaß... Warum war sie nur so mager? Ihre Arme waren dünn wie zwei Stecken, und weiß.

Ihre Hand war in der Luft stehengeblieben. Fachri hielt das Teetablett und stand in der Schürze und mit einem Kopftuch umgebunden dort drüben im Dunkeln. Sie streckte die Hand aus, nahm die Ohrringe und steckte sie sich an. Die Ohrringe glänzten. Sie drehte den Kopf und schielte nach dem linken Ohrring: Mir würden die auch stehen.

Sie fuhr sich mit den Fingern durch ihre Haarfülle und ließ sie über die Linie zwischen den beiden Brüsten fallen. Sie nahm auch die Halskette, sie war sehr schwer: Würde er doch bloß eine besorgen für all die Arbeit... Ich kann das nicht! Wie oft muß ich mich waschen! Wie weiß doch der Körper der Herrin war. Sie war nur Haut und Knochen. Ihre Brüste waren klein und weiß und rund. Ihr Bauch...

Die Halskette hing bis zum Brustansatz herab. Sie lag auf dem Haar. Sie befühlte eine Perle nach der anderen: Der Herrin hatte diese überhaupt nicht gefallen. Sie hatte soviel Geschmeide! Eine ganze Schatulle aus Perlmutt voll. Sie hat sich vor den Spiegel gesetzt und sich eine Kette nach der anderen umgelegt und dann gefragt: «Fachri, schau mal, steht mir das?»

Laut sagte sie: «Mir steht das auch. Sogar ausgesprochen gut.»

«Fachri», sagte sie, «geh du nur schlafen! Ich werde warten. Vermutlich ist er wieder irgendwo beim Spielen hängengeblieben.» «Ich bleibe auch wach, gnä' Frau», hab ich gesagt.

Aus den Augenwinkeln starrte sie hinüber zum Kamin, der auch halb im Spiegel zu sehen war. Sie sagte: «Ich warte bis zum Morgen, bis der Prinz...»

Sie nahm die Armbänder und legte sich eines nach dem anderen an: Sie sind noch zu eng! Diese Finger da! Die Finger der Herrin waren langgestreckt und weiß. Und ihre Nägel ... Na ja, wenn man von früh bis spät all dieses Geschirr ...

«Wenn er nur jemand besorgen würde!» sagte sie.

Sie bewunderte das Glitzern der Armbänder im Spiegel und starrte auf die Stelle neben dem Kamin, wo Fachri immer noch hinter ihrer Herrin stand. Der Prinz stand im Dunkeln. Er strich mit seinen kalten Händen über den bloßen Körper von Fachri. Ich ging ganz langsam auf ihn zu, legte ihm die Hände auf die Schultern und sagte: «Prinz, es ist eine Schande, nimm sie wenigstens wie dein Urgroßvater zur Frau.» Der Prinz drehte sich nicht um. Er küßte Fachris Hals. Er hatte seine Arme um meine Taille, um die Taille von Fachri geschlungen und sagte: «Ich bin steril, Fachronessa.» «Dann trag sie wenigstens auf das Bett!» sagte ich. «Hier ist doch kein Platz dafür!» «Gut», sagte der Prinz, «hab ein wenig Geduld!» Ich verließ das Zimmer. Sie hielten sich immer noch in der Ecke, in der Dunkelheit, umschlungen.

Und sie sagte: Was geht mich das an, ich ...

Und starrte. Sie hatte jetzt den Kopf gehoben: Wie weiß die Lippen der Herrin doch waren, wenn sie kein Rouge aufgelegt hatte! Auch ihre Zähne waren weiß. Und klein waren sie.

Sie nahm einen rosa Lippenstift und schminkte sich damit die Lippen: Ich muß warten, auch wenn er bis zum Morgen nicht kommt. Wenn er die Bücher nicht verbrannt hätte, könnte ich jetzt wie die Herrin ...

Der Prinz hatte gesagt: «Fachronessa, du hast wirklich Fortschritte gemacht. Du kannst jetzt die Memoiren des Urgroßvaters ...» Wenn die Herrin müde war, hat sie sich ans Fenster gestellt, sich mit den Armen auf das Fensterbrett gestützt und hinaus geschaut. Draußen war es dunkel. Vom Garten her wehte der Geruch der Kiefern herein, der Geruch von Jasmin.

Und laut sagte sie: «Geh du doch schlafen, Fachri!»

Fachri stand dort in der Ecke hinter ihr. Sie hatte die Hände in die Schürzentaschen gesteckt und betrachtete die schmalen Schultern ihrer Herrin, von Fachronessa: Warum hat sie mich im Bad so angeschaut? Meine Hände, meine Beine? Hat so auf meine kleinen weißen Brüste gestarrt? Als sie mich gekämmt hat, hat sie gesagt: «Wie weich Ihre Haare doch sind, gnä' Frau!» Ich habe geantwortet: «Paß auf, Fachri, daß du sie mir nicht ausreißt!»

Sie strich sich über die Haare. Sie waren weich. Jetzt roch es weder nach Kiefern noch nach Jasmin: Überall wuchert nur Gras. Warum hat er bloß das Haus verkauft? Zu Heidar Ali, dem Gärtner, meinem Vater, hat er gesagt: «Verschwinde von hier! Ich will nicht, daß du diese Geranien ...» Abends ist er spät nach Haus gekommen. Und ich mußt' immer solange warten, bis der Prinz betrunken zurückgekommen ist. Und immer wieder gehupt hat. Heidar Ali, der Gärtner, und seine Frau haben da schon geschlafen. So bin ich gegangen und hab das Tor aufgemacht. Der Prinz hat den Kopf zum Autofenster herausgesteckt und gesagt: «Fachronessa, meine Liebe, bist du noch immer wach? Sicher hast du noch gelesen. Im Gegensatz dazu hab ich ein

Sechstel von dem Dorf Sarutaghi verspielt.» Dann hat er gelacht und gesagt: «Ach, das bist ja du, Fachri! Wo ist denn deine Herrin?» Warum hat er nur zu mir *Fachronessa* gesagt? Fachronessa saß am Fenster und roch den Duft der Kiefern und des Jasmins. Als der Prinz ausgestiegen war, hab ich ihn unter den Armen gepackt, und der Prinz hat seinen Kopf auf Fachris Schulter gelegt. Wir sind zusammen die Treppe hinaufgestiegen. Der Prinz hat mir seinen Arm um die Taille gelegt, um die Taille von Fachri. Er hat furchtbar aus dem Mund gerochen. Sein Kopf war heiß. Ich hab ihm die Stirn abgewischt, die schweißüberströmt war. Vom ersten Treppenabsatz an hat Morad den Prinzen unter den Armen gepackt und ihn hinaufgeführt. Der Schatten ist auf die Treppe gefallen. Fast wäre der Prinz gestürzt. Da hat Morad gesagt: «Prinz, die Pferde, ... die Kutsche ...» «Zur Hölle», hat der Prinz geantwortet, «zur Hölle!» und: «Wer ist denn in letzter Zeit gestorben, Morad Khan?» Wenn ich doch bloß wieder zum Fenster hinaussehen könnte und die Kiefern und die Buchsbäume riechen! Jetzt gibt es nur noch zwei Töpfe mit Geranien und eine Weide in diesem Haus mit den hohen Mauern. Warum hat der Prinz nur das andere Haus verkauft? Allein kann man das nicht schaffen. Den Gärtner, Heidar Ali, hat er rausgeschmissen. Mit Frau und zwei Kindern. Er hat gesagt: «In diesem Haus brauche ich keinen Gärtner!» Heidar Ali hat gesagt: «Prinz, ich habe vierzig Jahre lang in dieser Familie gedient. Wo soll ich denn jetzt hingehen?» «Auf den Friedhof», hat ihm der Prinz geantwortet. «Und was ist mit meiner Tochter, Prinz?» «Fachri ist tot, Heidar Ali», hat da der Prinz gesagt. «Fachri ist tot.» Die Beete sind jetzt voll von Unkraut. Es steht fast so hoch wie die Weide. Nicht mal eine einzige Nelke! Nur kleine, gelbe Blütchen. Wenn die beiden Winden nicht wären und diese Kletterpflanze, die an dem Stamm der Weide hochrankt... Nicht mal das Wasser im Bassin läßt er wechseln. Er sagt: «Ich möchte, daß das Wasser so grün bleibt!» Ein Fisch nach dem anderen geht ein. Und jeden Tag fängt einen eine Krähe. Wenn ich die Fische mit den weißen Bäuchen nach oben auf dem Wasser schwimmen sehe, wenn ihre Zeit vorbei ist, dann fang ich an zu weinen. Ich bin ganz früh aufgestanden, um das Wasser im Bassin zu wechseln. All das viele Wasser. Der Stöpsel war festgeklemmt. Ich, eine Frau allein, hab einen Eimer Wasser nach dem anderen auf das Beet gegossen. Die Fische hab ich in eine Schüssel getan. Wieviele Fische doch dort waren! Der Prinz hat zum Fenster herausgebrüllt: «Hab ich denn nicht gesagt, daß ich nicht will...» Und er hat den Motor angemacht und das Bassin wieder voll laufen lassen. Wenn er weggeht, schließt er die Tür ab. Dann soll er doch wenigstens jemanden bringen, mit dem ich mich unterhalten kann. Wenn wenigstens Fachri da wäre...

Sie erhob sich, schloß die Tür des Zimmers und stieg hinauf: Warum nur hatte er gefragt: «Morad Khan, wer ist kürzlich gestorben?» Der Prinz hatte doch keinen mehr. Nur noch ein paar leibliche und angeheiratete Kusinen und Cousins. Und die sah er nicht mal jedes Jahr. Er geht auch nie mit mir raus. Wie er da gelacht hat! Mir hat die Kehle gebrannt. Es schmeckte bitter. «Prinz», hab ich gesagt, «ich trinke das nicht!» – «Fachronessa, du mußt trinken!» Und er hat zugeschlagen. Er schlägt immer mit dem Handrücken. Und dazu noch ins Gesicht, auf diese Seite. Zuerst ist meine Stirn ganz heiß geworden, dann meine Hände. «Trink weiter, Fachronessa!» hat der Prinz befohlen. «Ich will nicht!» Er hat mich angeschaut und ich hab Angst bekommen. Warum war er so mager geworden? Wie eine Spindel. Ich hab getrunken, die Kehle hat wie Feuer gebrannt. Der Prinz hat den Kopf geschüttelt. Er ist auf die andere Seite des Tisches gegangen, hat sich auf seinen Stuhl gesetzt und gesagt: «Du mußt in kleinen Schlucken trinken!» Er selber hat auch getrunken. Und ich hab weitergetrunken. Wie fern der Prinz doch war! Alle drei Kronleuchter hatten sich herabgesenkt und schwankten hin und her. «Fachronessa, ich hab gesagt, du sollst trinken!» Ich wollt' ja auch, und meine Hand hat nach dem hochstieligen Glas gegriffen, das noch halb voll war. Ich hab daneben gefaßt. Hab es noch einmal versucht und es hochgehoben. Es hat kalt und bitter geschmeckt. Aber es wurde mir ganz warm. Der Prinz war weit weg. Ich hab ihn wie durch das sich kräuselnde Wasser des Bassins gesehen.

Er hat das Gitter gepackt und sich weiter hochgezogen. Wie er gelacht hat! Ich hab geweint. «Fachronessa», hat er gesagt, «das ist gut für dich. Wein nur! Aber trink auch den Rest aus!» «Ich will nicht», hab ich gesagt, «mein Kopf...» Da hat er gebrüllt: «Du mußt trinken!»

«Nein», hab ich gesagt, «ich trinke nicht!» Er ist aufgestanden. Er war klein und hat mit den Händen herumgefuchtelt. Sein Gesicht ist immer näher gekommen. Das Wasser des Bassins hat jetzt Wellen geschlagen ... Er hat mich am Kopf gepackt und mir das Zeug in den Mund gegossen, aber es ist alles runtergelaufen auf meine Brust und auf das Kleid. «Lieber Prinz, mein Kleid!» hab ich gerufen. «Zum Teufel, dann eben ein neues ...» «Ich will diese Kleider nicht anziehen. Wenigstens ein anderes Kleid! Kaufen Sie für mich eine andere Spitze!» «Du kannst Fachris Kleid anziehen», hat er gesagt, «und ihr Kopftuch aufsetzen». «Nein, das kann ich nicht! Ich schaff all diese Arbeit nicht mehr.»

Der Prinz saß in seinem Sessel. Er hatte seinen Kopf mit den Händen umfaßt. Er wußte, daß Fachronessa jetzt mit gespitzten Ohren hinter der Tür stand, und er hustete. Als sich die Tür öffnete, knipste Fachronessa das Licht an: Warum sitzt er nur immer in diesem Zimmer?

Der Prinz stampfte auf den Boden.

«Hab ich denn nicht gesagt, du sollst nicht heraufkommen, Fachri?»

Er hielt immer noch den Kopf in den Händen. Fachri konnte sogar den aufgewirbelten Staub riechen: Was tut er nur in diesem Zimmer?

Sie knipste den Schalter aus. Das Zimmer lag wieder im Dunkeln: Warum hat er diese Bilder aufgehängt? Fachronessa hatte sich eine Nelke in den Mundwinkel geklemmt. Dieses Beet ist voller Unkraut. Mit kleinen, gelben Blüten. Es wäre nicht schlecht, wenn ich mir eine Winde in den Mundwinkel stecken würde.

Sie hatte die Tür geschlossen und stand wieder auf der Treppe: Was war bloß an diesem Abend mit ihm los? Er hat nicht aus dem Mund gerochen. Seit langem hat er keinen Alkohol mehr getrunken. Es wird einem ganz warm dabei und man kann ganz einfach Fachronessa sein, ohne sich viel zurechtzumachen.

Sie nahm beim Hinablaufen zwei Stufen auf einmal und trat ins Eßzimmer: Wie gut, daß er die Kronleuchter und diesen Teppich nicht verkauft hat. Wie viele Schalen von dem Porzellan mit dem Vogelmuster! In den Regalen waren Schüsseln und Teller und Blumenvasen. Der Spiegel mit dem Rahmen aus Einlegearbeit, mit einem Medaillon obendrauf. Das Tintenfaß aus Silberfiligran. Fachronessa hat immer erklärt: «Das sind Türkise!» Der Jude hat gesagt: «Prinz, für die Kronleuchter habe ich einen guten Kunden.»

Laut sagte sie: «Zum Teufel mit ihm!»

Sie setzte sich an den Tisch. Ihr gegenüber der leere Stuhl des Prinzen: Ich muß was essen. Ich kann nicht die ganze Arbeit mit leerem Magen verrichten – zudem auch noch allein.

Sie füllte ihren Teller: All das viele Essen! Was sollen wir denn damit? Er sagt: «Kümmre dich nicht darum!» Wenn er nach Hause gekommen ist, hab ich mich ihm gegenübergesetzt, wenn nicht ... In der Küche bringe ich keinen Bissen runter.

Sie legte sich die Serviette auf den Schoß: Wie vornehm die Herrin doch immer gegessen hat! Ganz langsam. Mit ihren langgestreckten, weißen Fingern hat sie den Löffel und die Gabel gehalten, hat von jeder Speise nur ein bißchen genommen. Sie hat in kleinen Schlucken getrunken und das langstielige Glas geleert. Ich hab nie bemerkt, daß ihr schwindlig davon geworden wäre. Sie sagte: «Prinz, denk an dein Alter! Ich werde bald sterben.» «Der Urgroßvater hatte großen Landbesitz», entgegnete der Prinz. «Selbst dem Großvater und dem Vater ist es nicht gelungen, alles durchzubringen, obwohl sie sich redlich bemüht haben.» «Du hast also vor...», sagte Fachronessa, und der Prinz antwortete: «Ja». «Am Spieltisch?» fragte Fachronessa. «Das ist der einzige Weg!» «Wenigstens ein paar Jungfrauen...» sagte sie. «An denen bin ich nicht interessiert!» Da sagte ich: «Besorgen Sie wenigstens eine Dienerin!» «Wozu ist dann Fachri gut?» fragte der Prinz. «Wie viele sind wir denn schon?» Und ich hab gesagt: «Na ja, aber ganz allein...» – «Sie wird's schon schaffen. Kümm're du dich nicht darum, trink nur deinen Wein!» – «Und am Tag des letzten Gerichts...» Da hat er gebrüllt: «Blödes Gerede! Trink den Wein, Fachronessa!»

Sie nahm einen Schluck davon. Er schmeckte jetzt besser: Ich muß jeden Abend davon trinken, unbedingt!

Sie trank weiter. Der Prinz sagte: «Trink ganz langsam, dann wirkt er!»

Sie nahm noch einen Schluck: Ich kann wirklich nicht. Er selbst trinkt ganz schnell und ich muß... Wenn er einen Gärtner besorgen würde, dann könnte man auch das Wasser im Bassin...

Prinz Ehtedschab hatte das Glas ergriffen. Der Wein war tiefrot, der Satz sammelte sich jetzt unten im Glas. Die Kronleuchter hatten sich bis auf den Tisch herabgesenkt. Fachri, nicht Fachronessa, wurde von diesen bunten Kristallgläsern in Teile zerschnitten. Nur ihre Augen waren noch zu sehen. Die Augen, die von dem Gebetsschleier eingerahmt waren. Schwarz und lebhaft.

Das langstielige Glas war geleert. Sie füllte es wieder auf: Ich konnte sagen, so oft ich wollte: «Liebe Fachri, wenn dich der Prinz neckt, dann lach nicht so laut», das Mädchen kümmerte sich nicht darum, mit diesen breiten Hüften und dem dicken Hinterteil. Sie lachte einfach los. Und wenn der Prinz gegen Mitternacht nach Hause kam, dann ging er in Fachris Schlafzimmer, kroch unter dieses alte Bettzeug, nahm Fachri in die Arme, legte sich Fachris Arme um den Hals und verbarg sein Gesicht unter ihrem Haar. «Lach laut, Fachri!» sagte er, «damit ich das Husten von Fachronessa nicht mehr höre. Lach laut!» Fachri lachte. Sie sagte: «Frau Fachronessa, warum sind Sie so mager? Warum rufen Sie nicht Abu Nowas und lassen sich von ihm untersuchen? Oder trinken Sie wenigstens nicht so viel Wein!» «Was nützt das alles?» sagte ich. «Die Tuberkulose liegt bei uns in der Familie. Der Großvater und die Großmutter des Prinzen, auch seine Mutter, die Tanten allerdings nicht... Mein Vater hat so viel Schnaps gesoffen und Opium geraucht, daß er nur noch Haut und Knochen war. Mit noch nicht mal vierzig Jahren hatte er schlohweiße Haare.»

Sie nahm noch einen Schluck. Der Prinz saß da, mit gesenktem Haupt.

«Ich weiß nicht, Prinz, aber es scheint, als ob dir nichts mehr geblieben wäre.»

Wieder trank sie: Wie grausam Fachronessa doch

war. Sie sagte: «Prinz, ich sitze da und warte, bis du pleite bist und dieses Haus da verkaufst.» «Ich werde mich nie an deinem Erbe oder an deinen Juwelen vergreifen», sagte der Prinz. «Wart nur!» entgegnete sie. «Es wird nicht mehr lange dauern!»

Sie ergriff das Glas: Ich hab gesagt: «Prinz, wenigstens diese Armbänder und Halsketten ...»

«Gut, die sollen dir gehören!» sagte er.

Das langstielige Glas war nun leer. Fachronessa stand auf. Sie war jetzt ganz leicht. Das weiße Spitzenkleid war ihr zu weit geworden, sogar um die Schultern.

«Lieber Prinz», sagte sie, «du mußt unbedingt jemanden besorgen!»

«Ich kenn ein Mädchen. Sie heißt Fachri. Die Tochter des Gärtners, den ich rausgeschmissen hab. Wie wär's mit der?»

«Gut! Dann sag ihr, sie soll den Tisch abräumen!»

«Geht in Ordnung!» sagte der Prinz. «Geh du nur schlafen, Fachronessa!»

Fachronessa ging zur Tür und sagte: «Liebe Fachri, wenn du mit der Arbeit fertig bist, dann komm rauf!»

Und sie ging in die Diele und stieg dann die Treppe hinauf: Er hat sich schon wieder verspätet. Aber ich warte auf ihn, egal, wie lange. Warum nur hat er die Bücher verbrannt? Ich war gerade so weit, fehlerfrei lesen zu können. Und wenn er sich verspätet hatte, hab ich mich ans Fenster gesetzt und gelesen: Das Gefolge fällt über ihn her. Sie reißen ihm die Kleider vom Leib. Mit Federmessern schlitzen sie seinen Leib auf und setzen Kerzen hinein. Schalmeienklänge ertönen. Ja, sicher hatte sich auch eine Menschenmenge angesammelt, und sie haben ihm ins Gesicht gespuckt. Sie zünden die Kerzen an. Dann packen ihn zwei Diener unter den Armen und führen ihn herum. Die Leute haben doch auch applaudiert. Der Großvater hat oben von dem Regierungssitz aus mit einem Fernglas zugeschaut. Die Kerzen haben gebrannt und die Leute... Bestimmt ist das Kerzenwachs auf die Haut getropft. Wer war das? Die – hm – Theologiestudenten haben ihn wohl auch angespuckt und gerufen: «Verfluchter Hund!»

Sie ging ins Schlafzimmer: Ich weiß, wo hier alles ist. Licht brauch ich keins.

Sie setzte sich aufs Bett, zog die Schuhe aus und schlug die Beine übereinander. Ihre Füße waren ganz warm geworden: Ich hab gesagt: «Fachri, ist der Prinz denn noch nicht gekommen?» «Nein», antwortete sie. «Dann ruf Doktor Abu Nowas an; er soll kommen!». «Der Prinz hat das Telefon abgestellt», sagte sie. Er hatte auch die Tür verschlossen. Warum hat er nur so etwas getan? Er ist morgens weggegangen und erst gegen Mitternacht zurückgekehrt. Dann ist er in mein Zimmer gekommen, in Fachris Zimmer. Und hat gesagt: «Lach laut, Fachri!» Wenn ich nicht gelacht hab, hat er mich entweder an den Fußsohlen oder unter den Armen gekitzelt, oder er hat mich geschlagen. Er hat seinen Kopf zwischen meine Brüste gelegt und sich die Ohren zugehalten. Damals waren Fachri und ich, nein, Fachronessa und ich, zwei Frauen, von früh bis spät allein in diesem Haus, zwischen diesen Mauern. Fachronessa hat mich angeschaut, aus den Augenwinkeln, durch diese dicken Gläser. Ich hab gesagt: «Gnä' Frau, es ist nicht meine Schuld!» «Ich weiß», hat sie geantwortet, «du bist ein gutes Mädchen!» Und sie hat wieder gehustet.

Sie streckte sich auf dem Bett aus: Hätt' ich doch das Licht angemacht! Wenn der Prinz kommt, zündet er es selber an. Er fragt dann: «Schläfst du schon, Fachronessa?» Ich tue so, als ob ich schliefe. Er legt sich neben mich. Warum möchte er nur immer... Er küßt sogar meine Finger. Was hat er in der Nacht damals für ein Theater gemacht. «Was soll ich denn tun», hab ich gesagt, «ich ganz allein...» «Was hast du mit diesen Arbeiten zu tun?» hat er gefragt. «Ich bezahl schließlich dafür, daß Fachri die Hausarbeit erledigt. Du sollst dich nur zurechtmachen oder lesen. Fünf Jahre hab ich mich von früh bis spät bemüht, etwas aus dir zu machen.» Da bin ich auch mitten in der Nacht nochmals aufgestanden und hab mich gewaschen. Ich soll mich immer parfümieren, meine Haare, meine Brüste, meine Hände. Aber der Küchengeruch läßt sich nicht vertreiben. Er saß vor dem Kamin und hat die Bücher ins Feuer geworfen. Hat gesagt: «Fachronessa, schür das Feuer, daß sie ja ganz verbrennen! Ich möchte nicht, daß auch du...» «Das sind sehr wertvolle Bücher, Prinz», hab ich gesagt. «Schür das Feuer, Fachronessa!» Er hat mir ein Bild vors Gesicht gehalten: «Schau, der Urgroßvater!» Der Urgroßvater saß da, mit gekreuzten Beinen, die Hände auf den dicken Schenkeln. Er hatte sich in zwei oder drei Kissen und Rückenpolster gelehnt. Er hockte auf einem mit Edelsteinen verzierten Thron. Das Schwert lag auf seinem

Schoß. Er hatte einen dicken Schnurrbart mit aufgezwirbelten Spitzen. Seine Augen waren unter den buschigen Augenbrauen verschwunden. Er hat gelacht, hat so laut gelacht, daß ich Angst kriegte. Er hat das Buch zugeklappt und es mitten in das auflodernde Feuer geworfen. Mir war heiß geworden. Bei Einbruch der Dämmerung hatte er damit begonnen. Er war nicht betrunken. All die vielen Bücher! Und die wollten zudem nicht brennen. Immer wieder hab ich darin herumgestochert. Das Feuer loderte. Meine Hände haben gebrannt und mein Gesicht hat geglüht. Er selbst saß auf einem Stuhl; er hatte die Bücher um sich herum aufgestapelt, wie Ziegelsteine. Eins nach dem anderen hat er ins Feuer geworfen. «Schür das Feuer, Fachronessa!» Es wollt' kein Ende nehmen. Nur die Einbände haben Feuer gefangen, die weißen Seiten waren unversehrt. Und ich hab geschürt und geschürt. Die Blätter wurden braun, haben sich zusammengerollt, loderten auf und sind schließlich verkohlt. Mir war sehr heiß. Immer wieder hat er gesagt: «Schür auf, Fachronessa!» Jetzt die Memoiren des Urgroßvaters. Der Ledereinband wollte überhaupt nicht brennen. «Er hat sicher vergessen zu schreiben», sagte der Prinz, «wie er befohlen hat, all die vielen bei lebendigem Leibe mit Gips zu übergießen. Sicher hat er nur vergessen zu schreiben, wie er dem Knaben die Kehle hat durchtrennen lassen. Wirklich, Fachronessa, weißt du, warum der Großvater seine Mutter umgebracht hat, und das auch noch im Hause Seiner Hochwürden?» Warum wollte er das von mir wissen? Auch die Herrin, Fachronessa, hätte das nicht gewußt. Aber sie hat gesagt: «Vielleicht hat sie mit dem Gärtner geschlafen oder...» Die Mutter nimmt ihren Sohn an der Hand und führt ihn vor den Urahn: Euer was auch immer Gnaden, ich weiß auch nicht, was mit diesem Kind da los ist; es will einfach nicht gehorchen, spielt immer nur mit seinen Tauben, von der Schule läuft es weg. Ordnen Sie an, daß die Kammerdiener...!» Der Urgroßvater ruft: «Scharfrichter!». Er hat mir sein Bild vor die Augen gehalten. Er war groß, mit einem riesigen Schnurrbart, mit einem langen Rock und Stiefeln. «Sein Gewand war rot», hat der Prinz erklärt, «das kann man auf dem Bild nicht erkennen». Er stand da, die Arme vor der Brust verschränkt. Der Scharfrichter erscheint. Er setzt das Kind auf den Boden. «Versprichst du, daß du nicht mehr deine Tauben fliegen läßt, mein Sohn?» fragt der Urgroßvater. Er beginnt hin- und herzugehen und schlägt mit der Peitsche gegen den Stiefelschaft. Der Scharfrichter steckt dem Knaben zwei Finger der linken Hand in die Nase, zieht ihm den Kopf hoch und setzt ihm die Schneide seines Dolches an die Kehle. Der Prinz ist auch auf- und abgegangen und hat gebrüllt: «Versprichst du, zum Unterricht zu gehen, he?» und hat sich mit der Peitsche gegen den Stiefelschaft geschlagen. Der Scharfrichter stellt dem Knaben, der auf dem Boden kniet, den Fuß auf den Schenkel. Der Knabe faßt nach der Hand des Scharfrichters. Er sagt nichts. Sicher war sein Mund offen. Wie hätte der Junge sonst Atem holen können. Vielleicht hat er auch geröchelt oder etwas gesagt, was keiner hören konnte. «Versprichst du, daß du in Zukunft den Anordnungen deiner Mutter Folge leistest?» fragt der Urgroßvater. Und er peitscht gegen den Stiefelschaft. Auch der Prinz hat das jetzt getan. Als die Mutter sieht, daß ihr Sohn nur noch röchelt, sagt sie: «Ich weiß nicht, Exzellenz Sowieso, begnadigen Sie ihn, verzeihen Sie ihm Eures was weiß ich wegen!» Und der Urgroßvater brüllt: «Köpfe ihn nicht, Scharfrichter!» Doch der Scharfrichter schneidet ihm den Kopf ab und wirft ihn dem Urgroßvater vor die Füße. Der Prinz hat erklärt: «Noch nie hatte ein Scharfrichter bislang den Befehl gehört: *Köpfe ihn nicht*! ... Schür das Feuer, Fachronessa!» Ich hab geschürt. Wie viele Bücher das doch waren! Bis zum Morgengrauen saß ich am Feuer. Der Prinz hat gesagt: «Soviel zur Eloge auf den Urgroßvater. Und das ist auch der Bericht über seine Reise nach Khorassan.» Nachher hat er immer drei zusammen reingeworfen und dabei gerufen: «Schür das Feuer, Fachronessa!» Wieviel Asche hatte sich doch im Kamin angesammelt! Der Prinz saß immer noch in jenem Zimmer auf demselben Stuhl. Er hat die Bilder rahmen und sie in sein Zimmer bringen lassen. «Warum hast du mich nicht daran gehindert, das Bild des Urgroßvaters zu verbrennen?» wollte der Prinz von mir wissen. «Er gäbe sein Leben dafür, neben den anderen zu hängen.» «Das hab ich nicht gewußt», sagt' ich da. Nie hat er die Tür des Hauses unverschlossen gelassen, dabei die hohen Mauern und der Weidenbaum. Wenn er wenigstens zuließe, daß einer käme und das Wasser im Bassin wechseln würde. ... Die Fische! Er sagt immer: «Du darfst dieses Zimmer nicht betreten!» Und ich: «Aber Prinz, haben Sie denn nicht bemerkt, wie staubig die Bilder sind?» Jetzt geht er jeden Abend in dieses Zimmer, ganz allein, und wie er hustet! Sie war über ihr Buch gebeugt. Ich hab sie an den Schultern gehalten. Wenn der Husten aufgehört hat, hat sie meine Hand in ihre weiße, kleine Hand genommen und gesagt: «Du bist lieb, Fachri!» Und was hab ich dann getan, vor ihren Augen? Warum hat er das getan? Wo sich doch Frau Fachronessa da oben vor Schmerzen gekrümmt hat ... keine Farbe mehr im Gesicht, so weiß wie Kreide. Immer hat er sich an mich rangemacht. Hat sich zu mir ins Bett gelegt. Ich hab gesagt: «Aber Prinz, es gehört sich nicht, daß Sie ...» Doch er: «Was soll sich nicht gehören? ... Mein Urgroßvater...» Immer nur der Urgroßvater, der auf dem Bild kniete, mit dem dicken Schnurrbart, der mit dem mit Litzen besetzten Gehrock, mit all den Perlenstickereien auf der Hemdbrust. Warum hat er Menschen eingipsen lassen? Frau Fachronessa hat das gelesen, damals, als sie von Tag zu Tag magerer wurde. Und ich hab mit dem Prinzen vor ihr, vor ihrer Leiche. Meine Schuld war es nicht. Er ist zu mir gekommen. Ich konnte doch nicht nein sagen. «Los, lach ganz laut!» hat er gesagt. «Ich will dein Lachen hören!» Wie konnte ich da nur! Fachronessa lag oben. In ihrem Bett. Und Blut ... «Lieber Prinz, die Herrin ist gegen Abend gestorben!» Die Augen der Herrin waren ganz starr. Er hat mich in die Arme genommen. Woher hatte er nur die Kraft? Er hat mich die Treppe hinaufgetragen, die ganze Treppe. Hat an die Tür geklopft und gesagt: «Erlauben Sie bitte?» – «Prinz, ich hab Ihnen doch gesagt, ihre Augen starren zur Decke.» Aus dem Mundwinkel heraus ist Blut über ihr Schönheitsmal geflossen. Was für Augen! Der Prinz hat gelacht und gesagt: «Um so besser!» Er hat die Tür aufgemacht und das Licht angeknipst. Frau Fachronessa hat ganz blaß und lang ausgestreckt auf dem Bett gelegen. Das Blut in ihrem Mundwinkel war geronnen. Ihre Augen hinter den trüben Brillengläsern standen immer noch offen, wie zwei weiße Tiegel. «Sie ist tot, Prinz», hab ich gesagt. «Halt du den Mund!» hat er geantwortet. Der Prinz hat Fachronessas Gesicht mit dem Laken bedeckt. Er hat ihren schmalen, leichten Körper hochgehoben, ihn zur Seite getragen und auf den Boden gelegt. Das Tuch ist weggerutscht, und wieder ist Blut über die Wange von Fachronessa geflossen. Der Prinz hat ihr die Brille abgenommen und sie zur Seite geschleudert. Was für Augen! Das Blut hat sich in das Laken gesaugt. Ich hab mich neben die Herrin hingekniet. Geweint hab ich nicht, hab nur mein Gesicht mit der Schürze bedeckt, um nicht zu sehen, daß dort, unter dem weißen Laken, meine Herrin ... Der Prinz hat in mein Kleid gefaßt und es hinten zerrissen. Ich hab mich über meine Herrin gebeugt und gesagt: «Was wollen Sie nur tun, Prinz?» Er hat mit dem Fuß nach mir getreten. Ich bin mitten im Zimmer zu Boden gestürzt, auf den Rücken. Er hat meine Schürze zerrissen und mein Kleid, auch mein Unterkleid. Und seine Augen! Ganz rot, wie zwei Schalen voll Blut. «Zieh dich schnell an!» hat er befohlen. Er hatte das Spitzenhochzeitskleid der Herrin in der Hand und warf es über meinen nackten Körper. «Um Gottes Willen, Prinz, tun Sie das nicht, tun Sie das nicht!» hab ich ihn angefleht. Er hat mich an den Armen gepackt und mich auf die Füße hochgezogen und auf mich eingeschlagen, mit der flachen Hand. Er hat mir das Kopftuch aufgeknöpft, mich an den Haaren festgehalten und gesagt: «Schau, Fachronessa, Fachri ist tot! Tot!» Er hatte meine Haare am Hinterkopf gepackt. Immer noch ist Blut herausgesickert. «Haben Sie Erbarmen, Prinz, die Herrin ...!» Er hatte das Spitzenkleid in der Hand. Es war das Kleid der Herrin.

»Setz dich!» hat er gesagt, und ich hab mich vor den Spiegel gesetzt. Im Spiegel war immer noch Fachri, die weinte. Die Schminkutensilien der Herrin waren auf dem Tisch. Ich hab mich vor dem Spiegel gekämmt. Dann hab ich den Schönheitsfleck aufgemalt. Es war nicht meine Schuld. Meine Hände haben gezittert. «Das Schönheitsmal gehört neben den linken Mundwinkel, Fachronessa!» hat er gesagt. Ich konnt' wirklich nichts dafür. Er selbst hat's dann aufgemalt. Die Hände des Prinzen haben nicht gezittert. Er hat mich aus dem Spiegel heraus angeschaut und gelächelt. Mit dem Daumen hat er mir die Tränen abgewischt. Die Herrin war nicht im Spiegel zu sehen. Da war nur Fachri. Sie hat nicht geweint. Hätte ich doch wenigstens gehustet, wie meine Herrin. Er hat mich umarmt und zum Bett geführt. Hat sich nackt neben mich gelegt. Hat gelacht und meinen Körper gestreichelt, meine Beine, hat sein Gesicht in meinem Haar verborgen. Ich hab meinen Kopf weggedreht. Dort lag die Herrin, lang ausgestreckt unter dem weißen, befleckten Laken, das das Blut aufgesaugt hatte. Ihre Brille hat in einer Ecke des Zimmers auf dem Teppich gelegen. Ihre Bücher haben im Regal gestanden, auf dem Kaminsims und auf dem Tisch gelegen. Der Prinz hat mein Gesicht wieder zu sich hingedreht, hat mich gekitzelt und gesagt: «Lach, Fachronessa, lach doch!» Ich hab die Herrin angeschaut und das immer noch rinnende Blut. Der Körper der Herrin war lang und dünn. Der Prinz hat mir ins Gesicht geschlagen und geschrien: «Liebe Fachronessa, du warst doch nie so!» Und ich hab entgegnet: «Ich bin doch nicht Fachronessa!» Und er wollte, aber ich wollt' nicht. Ich hab nur die Herrin angeschaut und ihre Brille, die auf einer Ecke des Teppichmusters lag. «Warum lachst du denn nicht, Fachronessa?» Er hat seine Hand auf meinen Arm gelegt und mich angeschaut. Auf die linke Hand hatte er sich aufgestützt. Er war mit dem Rücken zu der Herrin. Ich konnt' jetzt die Brille nicht mehr sehen. «Hast du Angst, Fachronessa?» hat er gefragt, hat mir die Tränen abgewischt und mit den Fingern über mein Gesicht gestrichen, über meine Lippen und meine Nase. Wieder hat er meine Tränen abgewischt: «Du hast Angst, nicht wahr?» Ich hab nur zur Decke geschaut und auf die Blüten und Ranken der Stuckarbeit und die Engelchen in den Petunienblüten... «Wenn nur jemand das Licht auslöschen würde!» hat er gesagt. «Du hast doch keine Angst, Fachronessa?» Ich hab die Augen zugemacht. Wenn ich doch bloß wie die Herrin gehustet hätte! Wenn ich doch eingeschlafen wäre, wenn ich doch bloß gestorben wäre!

Prinz Ehtedschab hatte den Kopf gesenkt und in beide Hände gestützt. Auf der anderen Seite saß Fachronessa mit einem Buch in der Hand auf ihrem Drehsessel. Die Nelke stand noch immer in der Vase. Der Großvater saß auf seinem Stuhl. Der Prinz hustete und die Fensterscheiben klirrten.

Sie sagte: «Schau, Prinz, das bin ich!» Sie hatte den Daumen in den Mund gesteckt und lutschte daran! Ihre Großmutter hatte den einen Arm um sie gelegt, den anderen auf ihren Schenkel. Sie saß auf einem Hocker. Den Kopf hielt sie ganz gerade. Da war auch ein Photograph, der hatte bestimmt gesagt: «Schauen Sie bitte her, Frau Großmutter, hierher!» – und hatte eine Aufnahme gemacht. Sie hielt Fachronessa mit dem linken Arm umschlungen. Auf der linken Seite stand ein Topf mit langstieligen Blumen. Hinter den Blumen waren die hoch aufsteigenden, silbernen Strahlen des Springbrunnens zu erkennen. «Fachronessa», fragte ich, «hatte deine Großmutter denn immer weiße Haare?» «Soweit ich zurückdenken kann, ja», entgegnete sie. Sie lutschte immer an ihrem Daumen. Die jüngere Tante hatte die schwarze Ghamar zu Mo'tamed Mirza, ihrem ersten Mann, geschickt mit der Nachricht: «Gib ihr das Kind mit, ich möchte es selber aufziehen.» Das Kind schlief in der Wiege und lutschte an seinem Daumen. «Wie hübsch es doch ist, Frau Großmutter!» sagte Ghamar. «Bei Gott, ist es nicht schade, wenn ein so hübsches Kind ohne Mutter aufwachsen soll?» Die Großmutter entgegnete: «Darüber hätte Najereh Khatun früher nachdenken sollen, nicht jetzt, wo es zu spät dazu ist.» Und Ghamar sagte: «Es war doch nicht die Schuld der Herrin. Seine Exzellenz haben befohlen, daß sie sich scheiden lassen soll, und sie hat gehorcht!»

Mo'tamed Mirza war nicht damit einverstanden. Als er den Gouverneurspalast verläßt – in einer Kutsche – kommt er zum Fluß und sieht eine große Menschenansammlung. Auch die Vasallen des Gouverneurs waren bei Mo'tamed Mirza. Und die Kammerdiener. Er ordnet an: «Schaut mal, was da los ist!» Die Vasallen stürzen sich auf die Leute und treiben sie mit Stockschlägen zurück. Ein halbtoter Esel liegt am Flußufer. Die Leute sind dabei, sein Blut zu trinken. War denn die Hungersnot so groß, daß die Menschen Eselsblut – ...? Na klar: Die Weizenernte hatten der Großvater und die Mollahs in ihren Speichern gehortet. Wenn der Weizen schimmelte, ließen sie ihn nachts in den Fluß werfen. Es fiel auch kein Regen, und das Flußbett war ganz trocken. Mo'tamed Mirza kehrt zum Gouverneurssitz zurück. Er gibt die Schatulle mit dem Ehrenkleid des Prinzen und den Federkasten den Dienern mit dem Auftrag, sie dem Prinzen zu überreichen; dann begibt er sich in sein eigenes Haus und schließt die Tür. Der Großvater kann schicken, wen er will, Mo'tamed Mirza läßt nur ausrichten: «Ich will niemandes Diener mehr sein!»

Seine beiden Kinder waren gestorben. Eines zur Zeit der Cholera, ein anderes war tot geboren. Der Großvater schickt ihm die Nachricht, er müsse sich von Najereh Khatun scheiden lassen, sonst würde er etwas erleben. Mo'tamed Mirza schreibt auf den Rand des Briefes: «Ihr befehlt, und ich gehorche!» Er hat auch geschrieben: «Alles, was dieser Diener erworben hat, hat er in Euer Gnaden Dienst erworben, und es gehört Euch. Wann immer Ihr befehlt, wird es Euch übergeben. Was aber meine sehr verehrte Gattin anbelangt, Frau Najereh Khatun: was immer die hohen geistlichen Herren verfügen, das soll gemäß der erleuchteten religiösen Gesetze geschehen.» Wie ihnen befohlen geben die Vasallen Mo'tamed Mirza die Bastonade und führen Najereh Khatun weg. Ich weiß nicht, ob sie schwanger war oder nicht. Fachronessa wußte das auch nicht, aber sie sagte: «Vermutlich war sie es!» Später haben sie Fachronessa zu Mo'tamed Mirza geschickt. Sie erwirken für Najereh eine endgültige Scheidung, in Anwesenheit des höchsten Geistlichen, des Emam Djomeh. Es war geplant, Najereh mit dem Sohn des Großwesirs zu verheiraten, um die Stellung des Großvaters zu festigen. Der Großwesir aber wird seines Amtes enthoben, und der Großvater läßt diesen Gedanken fallen.

Die schwarze Ghamar sagt: «Frau Großmutter, lassen Sie mich das Kind mitnehmen! Najereh Khatun hat große Sehnsucht nach dem Kind, schließlich braucht das Kind eine Mutter.» Die Großmutter entgegnet: «Was ist schon dran an einer Mutter, hm?» Und Ghamar sagte... ich weiß nicht was. Sie muß irgendetwas gesagt haben, daß die Großmutter in ihre Tasche faßte und ein großes Taschentuch herausgeholt hat. Es war voll von Schnullern. Fachronessa erzählte: «Sie nimmt ein großes Tuch aus Yazd und streut überall Zucker darauf. Und bindet es mit einer Schnur zu. Sagt: «Schau nur all die Schnuller! Damit kann ich mein Kind aufziehen!»

Der Großvater schickt Vasallen. Sie bringen Mo'tamed Mirza in die Zitadelle. In den Kerker. Aber so viel sie suchen, sie können weder Fachronessa finden noch ihre Großmutter. Sie rauben alles von Wert und versiegeln das Haus. Dem Großvater wird wohl klar gewesen sein, daß Fachronessas Großmutter in die Hauptstadt gereist ist, zur Berichterstattung. Er postiert Wachen an den Stadttoren. Aber die Großmutter erreicht auf einem geliehenen Esel mit einem Diener auf Umwegen die Hauptstadt. Fachronessa nimmt sie auch mit. Sie auf dem Esel, mit Fachronessa im Arm. Der Diener führt den Esel am Zügel. Die Großmutter geht zu einer der Frauen im Harem und schlüpft bei ihr unter, bei Anis Khanoum oder bei einer anderen. Anis Khanoum vermittelt, und schließlich läßt der Großvater Mo'tamed Mirza in Ruhe. Der ist nur noch Haut und Knochen. An Händen und Füßen sind Spuren des Bastonaden-Blocks und der Ketten zu sehen. Er schreibt eine Erklärung: «Meinen ganzen Landbesitz und meine ganzen Bankeinlagen schenke ich nach freiem Wunsch und Willen Seiner Hochwohlgeborenen Durchlaucht.» Der Großvater hat den Grundbesitz nicht zurückgegeben, nur das Haus und eine Pension, die Mo'tamed Mirza ausgesetzt worden war – vom Urgroßvater übrigens, nicht vom Großvater.

Die jüngere Tante haben sie dann mit dem Emam Dschomeh verheiratet. Daran kann ich mich gut entsinnen. Doch bevor zwei Jahre um waren, war sie wieder zurück. Ab und zu machte sie sich mit einem Diener auf, um Fachronessa zu sehen. Fachronessa kann sich nur an zwei schwarze Augen entsinnen. Die konnte sie durch einen Türspalt erkennen. Sie schaute nur hinein und ging dann wieder. Fachronessa erzählte: «Die Großmutter hat zu mir immer gesagt: ‹Wenn du vor die Tür gehst, werden sie dir ein Zeichen einbrennen. Wie deinem Vater. Schau doch, was sie ihm eingebrannt haben.›» Der Handrücken von Mo'tamed Mirza trug ein Brandmal. Das war auf Großvaters Anordnung geschehen, denn der wollte wissen, wohin er den Rest des Geldes getan habe. Mo'tamed Mirza rauchte Opium, einmal am Morgen, einmal am späten Nachmittag. Was hat Fachronessa wohl so lange gemacht? Mit dieser alten, weißhaarigen Großmutter, die auf dem Bild ihren Nacken so steif gehalten hatte. Es gab dort auch Blumen. Das konnte man an diesem Blumentopf ersehen. Auch ein Wasserbassin hatten sie. Sicher ist Fachronessa in den Garten zu den Blumen hinausgegangen und hat mit ihnen geredet. Sie brach eine Nelke ab und steckte sie sich in den Mundwinkel. Und sicherlich saß die Großmutter auf dem Balkon, nahm das Strickzeug zur Hand und sagte: «Geh nicht vor die Tür, Mädchen!»

Fachronessa lief auch zum Wasserbassin, zu den Fischen. Ihr Vater jammerte immer nur. Sie selber hat erzählt: «Von morgens bis abends lag er auf der rechten Seite, und Großmutter blies für ihn die Glut an.» Sicher hockte Fachronessa am Feuer, ihrem Vater gegenüber. Abends saß sie da. Morgens und nachmittags war sie in der Schule. Ihre Großmutter brachte sie zur Schule und holte sie wieder dort ab. Der Großvater hatte seine Macht verloren, sonst hätte er Fachronessa zurückholen lassen. Dort waren nur die Großmutter, Fachronessa, ihr völlig entkräfteter Vater mit den vielen Büchern, Blumenbeete, ein Wasserbecken und ein

Tor, wo die jüngere Tante durch einen Spalt hereinschaute. Wenn er nicht gerade jammerte oder ein Nickerchen hielt, sagte Mo'tamed Mirza: «Lies, mein Liebes!» Fachronessa hatte lange Haare. Ihre Wangen... Ihre Wangen? Ich weiß es nicht. Vielleicht waren sie wie zuletzt weiß, ... weiß oder rot... weiß oder rot? Das Bild war eine Schwarzweißaufnahme. Der Bart von Mo'tamed Mirza war vermutlich grau. Seine Haare schütter... die Nase? ... er lehnte sich gegen ein Rückenpolster, rauchte Opium und sagte: «Lies, mein Liebes!»

Er hatte nur eine kleine Pension. Fachronessas Großmutter besaß viele Juwelen, sie verkaufte ein Stück nach dem anderen davon. Auch die Bücher und manche Antiquitäten verkauften sie. Von den Juwelen der Großmutter ist einiges übriggeblieben für Fachronessa. Eines Morgens mußten sie feststellen, daß Mo'tamed Mirza gestorben war. Er lag tot in seinem Bett. Mit weitaufstehendem Mund und weißem Schaum vor den Lippen, die offenen Augen an die Decke geheftet. Fachronessa war zehn Jahre alt, das hat sie selbst gesagt. Sicher war sie mager, mit zwei feinen Linien in den Mundwinkeln und dem Leberfleckchen auf der linken Seite. Ihr Kleid... welches Kleid? Weiß? Vielleicht. Und mit der Brille, nein, sicher trug sie erst später eine Brille. Heidar Ali, ihr Diener, sagte zu Fachronessa: «Das hat der Arzt, Abu Nowas, auf dem Gewissen!» Das weiß aber keiner. Der Großvater hat so etwas schon öfter getan. Aber Mo'tamed Mirza hatte doch nichts mehr, was sich der Großvater hätte unter den Nagel reißen können. Fachronessas Großmutter blieb zurück mit dem Diener, seiner Frau und Fachri. Fachri war noch klein. Rot und weiß. Sicher hat die Tante jemanden geschickt, um ihre Tochter zu holen. Aber die Großmutter hat sie nicht herausgegeben. Fachri sagte: «Die Frau Großmutter konnte nicht mehr gehen, sie zog sich auf dem Boden zum Balkon. Sie starrte auf die Treppe und auf das Tor.»

Mittags oder nachmittags, wenn Fachronessa aus der Schule kam ... Fachronessa trug einen einfachen Schulkittel. Mit der Tasche in der Hand öffnete sie das Tor und erblickte die Großmutter, die auf der Treppe saß, hinter dem Springbrunnen. Stand neben ihr ein Blumentopf? Sie rannte, rannte den ganzen Weg. Der Wind blies ihr durch die Haare und unter den Rock ihres Schulkleides. Sie schlenkerte mit der Tasche. Die Großmutter breitete sicherlich die Arme aus und beobachtete die Enkelin, die mit ihren kurzen Beinchen so schnell lief. Sie sah die Haare, durch die der Wind ... dann nahm sie sie in die Arme, küßte sie auf ihr Muttermal und strich ihr mit ihren alten, zittrigen Fingern ein paar Strähnen aus der Stirn. So war es, vielleicht!

Was für Gedanken hing wohl die Großmutter nach? Vielleicht wünschte sie sich, am Leben zu bleiben, um sich durch das Zimmer zur Diele zu ziehen, von dort zum Balkon, weiter zur Treppe, um dort zu sitzen und zu warten. Aber eines Tages wird sie bestimmt selbst das nicht mehr können. Dann werden sie sie stützen, Fachri und ihre Mutter. Fachri war noch klein, die konnte das doch nicht. Fachris Mutter und Heidar Ali werden sie unter den Armen nehmen. Und dann ... ja, was dann? Warum habe ich eigentlich Fachronessa nicht danach gefragt? Die jüngere Tante hat sie ab und zu auf dem Schulweg getroffen und sie eingeladen, mit ihr in der Kutsche zu fahren. Fachronessa hat folgendes berichtet: «Zuerst hatte ich Angst, man wolle mir ein Mal einbrennen.» Die Tante forderte Fachronessa auf, sich ihr gegenüber hinzusetzen und sah sie an. Fachronessa hätte sicher lieber zum Kutschenfenster hinausgeschaut. Ich habe ihr die Augen ausgekratzt, und ich habe gut daran getan. Auch Fachronessa konnte sie nicht leiden. Sagte: «Zuerst saß sie einfach da und schaute mich an.

Dann sagte sie: ‹Du bist meine Tochter, du mußt wissen, dein opiumsüchtiger Vater war meiner nicht würdig. Du brauchst vor mir keine Angst zu haben!›»

(Sie hielt den Kopf sicher sehr aufrecht). Fachronessa runzelte die Augenbrauen. Dann machte sie eine Bewegung mit der Hand: «Du bist meine Tochter, du solltest stolz auf mich sein. Ich war schließlich zwei Jahre lang mit dem Emam Dschomeh verheiratet, war die Frau von Sseyed Hassan Modschtahed, verstehst du?» Dann lachte sie. Gut, und dann ... ja, was war dann? Als die Großmutter nicht mal mehr oben auf der Treppe sitzen konnte ...?

Die Fontäne und der Blumentopf und die Frau Großmutter mit ihren weißen Haaren und Fachronessa, die am Daumen lutschte. Und ein Photograph. Und dann ...? Dann stirbt die Großmutter auf ihrem Gebetsteppich, in ihrem Bett oder auf dem Balkon. Ist ja egal, wo, jedenfalls, sie stirbt. Fachronessa bleibt übrig mit diesem riesigen Haus und mit Fachri und

Heidar Ali und Fachris Mutter. Auch die Mutter von Fachri stirbt. Bei einer Geburt. Heidar Ali hat sich in meinem Haus wieder verheiratet. Was für ein unverschämter Kerl das doch war! Er war gekommen und hatte gesagt:. «Meine Tochter und ich, wir gehören zusammen. Wer meine Tochter will, muß auch mit mir vorlieb nehmen.» Ich hab ihn rausgeschmissen. Das wäre nicht gut gegangen, denn wenn ich ihn aufgenommen hätte und Fachri diesen rundgestutzten weißen Bart und diese alten Hände gesehen hätte, wäre ihr klar geworden, daß sie Fachri ist und nicht Fachronessa. Ich habe gut daran getan. Er lebte noch zwei Jahre lang. Ich habe ihm seinen Lohn gegeben. Er hat gesagt: «Wenn Sie Fachri nicht heiraten, werde ich bei Gericht Klage gegen Sie erheben!» «Tu, was du nicht lassen kannst!» sagte ich. Ich hab ihm sein Geld gegeben. Jeden Monat hab ich ihm pünktlich seinen Lohn bezahlt. Hab zwei Zimmer für ihn gemietet. Er saß oben auf der Treppe zur Terrasse und hat seine Pfeife geraucht. Warum setzen sich die Alten immer oben auf die Balkontreppe oder an das Wasserbecken?

Die jüngere Tante hat auch wieder geheiratet, viel später erst, nach dem Tod des Großvaters. Sie kriegte kein Kind. Blumentopf und Fontäne ... die Großmutter, die verstorben ist, ... wie schön, wenn ich auch noch andere Bilder von Fachronessa hätte. Ich würde sie alle hier in diesem Zimmer aufhängen.

Sie stand an einem Bach. Schmal und groß, in diesem schwarzen Kleid. Ihre Arme waren bloß und ganz weiß. Die Zöpfe hatte sie nach hinten geworfen. Sie trug eine Brille. Das Kleid hatte Falten, feine Fältchen in der Taille, und am Saum war ein weißes Spitzenband aufgenäht, auch gefältelt. Ihre Beine waren schlank und weiß, sie staken in schwarzen Stiefeletten. So stand sie da. Ich sah ihr Profil, die Nase, ein Auge und ihren feingemeißelten Hals. Ich hielt die Zügel des Pferdes in der Hand. Morad war auch dabei, oder etwa nicht? Fachronessa war da. Ich schaute sie an. Sie schaute mich an – durch die Brillengläser. Ihre Augen waren noch lebhaft und schwarz. Sie drehte den Kopf. War Morad anwesend? Er muß wohl dagewesen sein, denn ich saß wieder auf, und Morad half mir dabei. Ich galoppierte ein paarmal hin und her. Sie sah mich nicht an. Ich stieg ab und übergab das Pferd Morad. Unter den Bäumen ging ich dorthin zurück, wo Schatten war und nur ab und zu ein paar Flecken Licht auf den Blättern und Ästen lagen. Spatzen tschilpten. Ich brach einen Zweig von einem Baum ab. Sie war dort, am Ende dieses langen grünen Bogenganges, stand in der gleißenden Helligkeit des Sonnenlichts, die die Augen blendete. Ich hielt den Zweig in der Hand. Sie stand immer noch da, schaute und lächelte. Dieses bittere Lächeln, bei dessen Anblick man am liebsten sein Gesicht versteckt oder sich vor einen Spiegel gestellt hätte, um sich genau anzuschauen. Ich kehrte um. Der Zweig in meiner Hand war ganz kahl, ich hatte alle Blätter abgezupft. Ich brach einen anderen ab und ging unter den Bäumen zum Wasserbassin, zu diesen steinernen Mädchen, aus deren Mund das Wasser in das Becken floß. Sie waren ganz nackt, mit kleinen Brüsten und runden Bäuchen. Ich schaute in das Wasser, meine Haare waren wirr, ich kehrte wieder um. Sie stand noch immer dort hinter den Bäumen auf dem Kiesweg. Ich strich meine Haare zurecht und trat auf den Weg, ging an ihr vorbei, auf der anderen Seite des Wegs, am Wassergraben entlang, die Augen nur auf das Wassser gerichtet, auf die Blätter, die darauf trieben, als sie plötzlich sagte: «Khosrow Khan, du bist doch nicht etwa verliebt, hm?» Ich drehte mich um. Und da war sie, mit dem ihr eigenen Lächeln, mit diesen Augen und den beiden Grübchen neben den Mundwinkeln.

Hätte ich doch hier begonnen, nicht bei diesem verblichenen Photo von der Großmutter und dem Blumentopf und der Springbrunnenfontäne. Aber jetzt ist es schon vorbei. Ich weiß, daß ich nichts sagte. Sie kam, sie selbst kam und legte mir die Hand unter das Kinn. Ich hob den Kopf. Wieder dieses Lächeln. Könnte ich nur irgendwie dieses Lächeln abwischen. Fachri bringt das nicht fertig, sie kann überhaupt nicht so lachen. Ich hab alles versucht, aber vergeblich. Sie riß nur den Mund auf, zeigte ihre kräftigen Zähne und lachte, lachte laut, die Idiotin. Aber Fachronessa ... in diesen Linien neben ihren Lippen, in ihren Augen, sogar in dem Kräuseln ihrer Lippen schien etwas zu liegen, was einem Angst einflößte. Man spürte, wie klein und unwürdig man selber war, auch wenn man der Enkel Seiner Majestät war. Am liebsten wäre ich gestorben.

Prinz Ehtedschab hustete, hustete laut und anhaltend, seine Schultern bebten.

Ihre Hände waren schmal und weiß. Das schwarze Kleid saß wie angegossen. «Aber Khosrow Khan, du wirst ja rot. Wie komisch! In diesem Haus voll Mädchen und tugendhafter Frauen. Und du, bei deiner Figur und deinem Aussehen. Sicher...!»

Woher wußte sie das nur? Mit Monireh Khatun hatte ich doch bloß... Der Großvater hatte gesagt: «Du hast also gespielt?» Er hockte auf seinem Bett. Ich starrte auf seine behaarte Brust. Er trug ein besticktes Wams. Meine Mutter hielt mich an der Hand. Die Hand meiner Mutter zitterte. «Laß ihn los!» befahl der Großvater. «Er ist doch kein Kind mehr.» Die Großmutter sagte: «Das Kind hat keine Schuld!» Ruhig fragte der Großvater: «Mit wem hast du denn sonst noch gespielt, Khosrow? Auf welches nackte Pferd bist du noch gestiegen, außer auf Monireh Khatun, hm?» «Auf...» ich wollte schon sagen, Nosratossadat, schwieg dann aber doch... da schlug er zu. Der Großvater schlug mit seinem Stock gegen meinen Fußknöchel. Wie laut Monireh Khatun doch geschrien hat!

Monireh Khatun stand in den Frauengemächern neben einem kleinen Wasserbecken, das auf einem Sockel ruhte. Ihre Haare waren kurz wie die eines Knaben, und sie trug ein langes, geblümtes Kleid. Sie plätscherte mit der Hand im Wasser. Ganz mager war sie geworden. Man konnte ihren weißen Nacken sehen, bei diesen kurzen Haaren. Ich trat an das Wasserbecken. Sie schaute mich nicht an, sagte auch nichts. Sie beugte sich nur über das Wasser und plätscherte darin herum. Das Wasser kräuselte sich und ihr Spiegelbild geriet in Bewegung. Ihre Haare wellten sich. Ich stellte mich auf die Zehenspitzen. Das Wasser hatte sich wieder geglättet. Warum nur stand sie immer am Becken und plätscherte darin? Beugte sich über das Wasser und schaute hinein? Sie hatte sich die Lippen rot gemacht. Womit? Ich weiß es nicht. Auch ihr Kinn war rot. Ich bin sicher, daß es kein Lippenstift war. Sie hatte vorne zwei Zähne verloren. «Was willst du denn sehen, Monireh Khatun?» fragte ich. «So, kommst du auch mal wieder, kommst du auch wieder, Khosrow Khan?» Sie wiederholte das ein paarmal und starrte ins Wasser, plätscherte darin und schaute wieder auf die Wellen. Was suchte sie nur? Ich faßte den Rand des Beckens und schaute auch ins Wasser. Das Wasser war ganz klar. Es waren keine Fische drin. Nur das Spiegelbild der Wasserpfeife neben dem Becken. «Hast du's gesehen, Khosrow Khan?» fragte sie. «Was denn, was denn?» «Du mußt hinschauen, wenn sich das Wasser bewegt!» Und sie plätscherte wieder mit der Hand darin herum. Ich schaute, aber da war nichts. Nur das Gesicht von Monireh Khatun, das zuerst in die Länge gezogen wurde, sich dann kräuselte und in viele Teile gebrochen wurde. Dann war es wieder Monirehs Abbild. Mit diesen kurzen Haaren und roten Lippen. «Das ist doch nur dein Spiegelbild!» sagte ich. «Du kannst es nicht sehen», erklärte sie. «Auch Seine Hoheit kann es nicht sehen, nur ich kann das, nur ich! Ich bin die einzige, die das kann, die einzige.»

Laleh Agha sagte: «Sie ist verrückt, geh nicht zu ihr.» Ich erwiderte: «Ich möchte das auch sehen.» – «Was denn?» – «Monireh Khatun sieht sicher irgendetwas im Wasser des Beckens, daß sie sich immer darüberbeugt und hineinstarrt.» – «Sie ist verrückt, Khosrow Khan,» meinte er, «ich hab's dir doch gesagt, daß sie verrückt ist.» «Monireh Khatun, möchtest du mit mir spielen?» fragte ich. «Reiten? Ich möchte sehr gerne.» – «Ich hab's gesehen, ich hab's gesehen!» rief sie da. Sie hatte sich über das sich kräuselnde Wasser gebeugt. «Was?» fragte ich. Aber sie schaute nur auf die kleinen Wellen. Was hat sie wohl gesehen? Wie bin ich nur auf Monireh Khatun gekommen? Fachronessa ... wenn ich nur ein Bild von ihr hätte! Ein Blumentopf... Nelken ... Fachronessa nahm mich bei der Hand. Wie leicht ihre Hand doch war. Wir gingen unter den Bäumen durch diesen langen grünen Bogengang, der zum Schatten führte, hinüber auf die andere Seite zu dem tiefen Brunnen und zu der Gipssäule. Sie bückte sich, sammelte ein paar Steine auf und drückte sie mir in die Hand, schaute mich an und lächelte ihr wohlbekanntes Lächeln. Im Glanz der Sonne konnte man sich nirgends verbergen. «Wirf!» sagte sie. «Wohin?» fragte ich. «Du lebst wirklich ganz hinter dem Mond, Prinz», meinte sie. «Dein Urgroßvater war nur zufrieden, wenn er jeden Morgen die Knochen seiner Erbfeinde, die zerfallenen Gebeine von Nader und von den Zands, zerstampfen konnte, und du fürchtest dich, auf diesen Menschen, der mindestens seit zwanzig Jahren hier eingegipst ist, einen Stein zu werfen? Keine Angst, Prinz! Komm schon, mach der Seele deines Großvaters eine Freude! Dieser treulose Diener war ein Polizeispitzel des damaligen Großwesirs, das hat mir mein Vater erzählt. Du kannst es glauben. Als der Großvater das herausgefunden hatte, ließ er ihn hier auf dieser Anhöhe bei lebendigem Leibe in Gips eingießen, daß er von da aus alles genau beobachten und berichten könnte.»

Ich hielt die Kiesel in der Hand, und dort, auf einem steinernen Sockel, zu dem einige Stufen hinaufführten, waren die undeutlichen Umrisse eines menschlichen Körpers aus Gips. Wie war es möglich, daß mir das bis dahin nie aufgefallen war? «Das hab ich nicht gewußt», sagte ich, «Laleh Agha hat mir nie davon erzählt». «Jetzt weißt du es», sagte sie. «Warum stehst du so herum? Schnell, steinige ihn!»

Wer war wohl dieser Spitzel? Wie hieß er? Das wußte auch Fachronessa nicht. Sie sagte: «Einer von fünfzehn Millionen. Ist doch egal! Es war ein Mensch!» Ich hab selbst befohlen, das Monument abzureißen. Angesehen hab ich mir das aber nicht. Ordnete an, ihn dort zu bestatten. Es gab noch andere, in den Mauern des tiefen Brunnens und sogar... Den haben sie aufgefüllt. Warum hat er das alles getan? Vater war ein guter Mensch, so hat Morad gesagt. Morad kannte den Vater gut. Fachronessa meinte: «Er hat auch viele umgebracht, aber das Gute an deinem Vater war, daß er selbst nicht dabei war, daß es nicht vor seinen Augen geschah, daß es nicht jeden Tag geschah, mal ne Stunde lang und damit basta. Auf einmal zwei- bis fünfhundert Verletzte und Tote.»

«Schön und gut, komm, laß uns gehen!» sagte Fachronessa. «In deinen Adern fließt kein Tropfen des Bluts deiner großen Ahnen.» Ich warf die Steine weg. Der Vater saß im mittleren Salon, den Rücken an ein Polster gelehnt, auf einem Kissen. Vor ihm ein Kohlenbecken. Auch links und rechts von ihm waren Kissen. Mirza Nasrollah blies für ihn die Glut an. Der Vater sagte: «Wie schnell ihr miteinander vertraut geworden seid.» Vaters Schnurrbart war ergraut. Er blies den Rauch durch die Nase und durch den Mund. Fachronessa sagte nichts. Sie hatte meine Hand losgelassen. Wir waren durch alle Zimmer gelaufen, bis wir hierher gekommen waren. «Geht nur», sagte der Vater, «und lernt einander noch besser kennen!»

Fachronessa sagte: «Sicher hat ihm Najereh Khatun geschrieben, wir beide sollten miteinander verheiratet werden!» Das hat sie erst später gesagt. Sie hat nie *Mutter* gesagt. Sie saß auf dem Balkon und las. Als ich zu ihr trat, ans Geländer des Balkons, sagte sie: «Prinz, steh nicht so untätig herum. Müßiggang ist nicht gut für dich, du mußt etwas unternehmen!» Ich ging auf die Jagd, mit einem Jeep. Spaß hat es mir keinen gemacht. Wir haben die Rehe solange verfolgt, bis sie zusammenbrachen, die Zunge hing ihnen aus dem Äser. Wie rot sie war! Der Bauch hob und senkte sich. Mit diesen zarten Läufen und schönen, schwarzen Sehern, in denen Verwunderung und Angst lag. Nur beim Kartenspiel fand ich Zerstreuung. Drei Könige und zwei Damen! Wenn ich sah, daß die Hand meines Gegners zitterte, es unter seinen Augenlidern zuckte, oder er seine Zigarette im Aschenbecher ausdrückte... deshalb hab ich mich damit abgegeben. Ich mußte auf irgendeine Art und Weise meinen Landbesitz und mein Vermögen durchbringen. Wenn ich nichts auf der Hand hatte, bluffte ich.

Doch Fachronessa sagte: «Das ist doch keine Arbeit.

Du machst dir selbst was vor. Du mußt was tun, etwas Richtiges, etwas, was wenigstens eine Seite im Buch der Geschichte schwärzt. Nimm dein Gewehr, geh zum Gartenzaun, ziele auf irgendeinen, der auf der anderen Seite vorbeigeht, und schieß auf ihn! Dann bleib stehen und schau zu, wie er krepiert! Doch wenn du einen nicht magst, wenn du feststellst, daß der andere einen Vers eines Gedichts falsch rezitiert oder sich vor dir die Nase putzt oder auch nur den Fuß auf die Treppe deines Hauses setzt, um seinen Schnürsenkel zu binden, darfst du nicht auf ihn zielen. Je weniger Grund du für die Wahl deines Opfers hast, um so besser. Wer nach einem Vorwand sucht, jemanden umzubringen, ist sowohl ein Mörder als auch ein Lügner, zudem ein Lügner, der sich selbst betrügt. Wenn man einen umbringen will, braucht man keinen Grund dafür. Man braucht nur den Kopf des anderen, seine Brust, aufs Korn zu nehmen und abzudrücken, das ist alles. Schau, lern das von deinen Ahnen! Wenn die kein Wild aufgespürt haben, haben sie auf Menschen geschossen, sogar auf Kinder. Sie standen da und haben zugeschaut, haben die Hände und Füße angeschaut, die um sich schlugen und die Augen, die sie anstarrten.»

Sie lachte lautlos. Mit diesen Linien in den Mundwinkeln und den Augen hinter den Brillengläsern, die nie zwinkerten. Ich konnte einfach nicht zu Hause bleiben. Um Mitternacht kam ich betrunken zurück, damit ich das nicht sah, damit ihre Gesichtszüge ruhig waren, sie die Brille abgenommen und die Augen geschlossen hatte, sie lang ausgestreckt auf dem Bett lag, in dem weißen Unterkleid, die Haare auf dem Kissen ausgebreitet, und sagte: «Mach das Licht aus, Prinz!»

Laut sagte Prinz Ehtedschab: «Ja, so war das eben ... und ... und ...»

Und er hustete.

Was wohl hinter dieser glatten Stirn vorging?

Wie sollte da jemand statt dieser Augen sitzen und durch die dicken Brillengläser hindurch mich, Fachri, die Antiquitäten anschauen, die Zeilen eines Buches, und einen Blick in den Spiegel werfen, der zeigte, wie sich die zwei feinen Linien auf der Stirn von Tag zu Tag vertieften?

Wenn ich wie meine verehrten Vorfahren auf dem juwelengeschmückten Thron unter einer Heckenrose sitzen und den Befehl erteilen könnte, daß die Diener, daß der Scharfrichter den Verurteilten hereinführen sollte ... Die Hände des Verurteilten müssen auf dem Rücken gefesselt sein. Eine Nacht, eine Woche oder einen Monat muß er in den Kerker geworfen werden, natürlich mit den Füßen im Block und mit einer Kette um den Hals. Licht? Vielleicht genügt das Licht, das durch eine Luke in der kuppelförmigen Decke hereinfällt. Was können diese farblosen Strahlen schon in diesem feuchten Kerker ausrichten? Möglich, daß sich die Lichtstrahlen nur an den Staubkörnchen von der Dunkelheit des Kerkers unterscheiden lassen. Er muß ausgepeitscht werden. Am besten in Unserer Gegenwart. Mit einem Blick auf Uns schlagen die Bediensteten kräftiger zu. Denen muß man dann einen Beutel voller Goldmünzen vorwerfen. Je lauter er schreit, desto kräftiger müssen die Diener schlagen, und je kräftiger sie schlagen, mit umso lauteren Schreien muß man rechnen. Unter der Heckenrose, in dem kühlen Schatten, die Luft erfüllt von Duft. Das Gesicht darf keine Schramme davontragen. Wir haben verboten, daß... Denn der Kopf muß in die Provinzhauptstadt oder in die Landeshauptstadt als Geschenk geschickt werden, so daß Wir dafür eine Belohnung erhalten. Das Ledertuch wird ausgebreitet. Muß der Scharfrichter rot gekleidet sein? Natürlich! Sein Schnurrbart muß auch bis zu den Ohren reichen. Das Blitzen des Dolches. Der Dolch des Scharfrichters in seinem Gurt. Wir, die Wir befohlen hatten, den Backofen bei Einbruch der Dunkelheit anzuzünden, wußten, daß nun ein Haufen glühender Kohlen unter einer Decke von Asche wartete. Der Scharfrichter richtet seinen Blick auf Uns. Wir nicken mit Unserem allergnädigsten Haupt. Der Scharfrichter steckt dem Verurteilten zwei Finger fest in die Nase. Welchem Verurteilten? Wer immer es auch sei, einer, dessen Kopf etwas wert ist. Hinter dessen gefurchter Stirn etwas verborgen ist, wovon Wir keine Kenntnis haben. Wir wissen jedoch, daß es Uns schadet, daß... Der Scharfrichter setzt dem Verurteilten den Dolch an die Kehle, und Wir sitzen da in Erwartung der aufsteigenden Blutfontäne und klemmen Uns einen Zweig wilder Rosen zwischen die Zähne. Das Blut spritzt heraus. Schwankt der Verurteilte oder nicht? Ich hab so etwas nie erlebt. Großvater und Urgroßvater haben es oft gesehen und dann... dann hält der Scharfrichter den blutverschmierten Haarschopf in der Hand. Und ich sehe die starren Augen des Verurteilten. Auch wenn es mir übel wird, muß ich, um die

Würde meiner Macht zu wahren, auf das Blut starren, auf den Kopf, auf den kopflosen Körper, der mit gefesselten Händen auf dem Boden liegt und zuckt, und auf die Vasallen und auf den Scharfrichter, der den Kopf aufgespießt hat und ihn in den Backofen hält, in die schön gefärbten Flammen, damit sich die Kopfhaut besser löst.

Die Kopfhaut muß abgezogen werden, sonst würde es stinken, vor allem, da der Weg so lang und unsicher ist. Und wie soll man da, nachdem der Kopf mit Stroh ausgestopft und Seiner Hoheit überreicht ist, noch ergründen, was sich hinter dieser Stirn und hinter diesen großen, leeren Augenhöhlen, hinter diesem zahnlosen Mund abgespielt hat? Vielleicht war das der Grund dafür, daß unsere Vorfahren die Verurteilten zuerst in den Kerker werfen ließen. Und weil sie nicht durch die Deckenluke oder sogar eine Ritze der Tür hineinsehen konnten, übergaben sie den Verurteilten vielleicht einem Spitzel, damit der jede seiner Bewegungen und jedes seiner Worte aufzeichnete und jeden Abend darüber Bericht erstattete. Die Diener öffneten dann die Tür und brachten einen Stuhl oder ein Fell, damit der Spitzel darauf sitzen konnte. Er beobachtete und schrieb. Und wenn dieser boshafte Teufel von einem Verurteilten nicht gejammert hat oder sogar eingeschlafen ist, hm? Dann weckten sie ihn mit Fußtritten auf. Eine Schüssel Wasser stand neben ihm, und ein Stück Brot lag da.

Wenn der Verurteilte merkt, daß da einer auf einem Stuhl oder auf einem Fell sitzt und ihn beobachtet und schreibt, wird er sich sicher hinter seiner Haut verstekken (einer Haut, die ganz einfach abgezogen und mit Stroh ausgestopft werden kann) – oder aber auch nicht, dann erzählt er frei von der Leber weg, oder man muß ihn mit Hilfe eines Federmessers zum Sprechen bringen. Wenn er jedoch Angst hat, wenn er zu bitten und zu betteln anfängt, sollte man da nicht seinesgleichen suchen? Von denen gibt es genügend! Einen, der wie der Verurteilte selbst schon einmal ausgepeitscht worden ist, der dort, die Füße im Klotz und eine Kette um den Hals, neben ihm ausgestreckt liegt und jammert, ... wenn dann der Verurteilte immer noch schweigt, wenn er immer nur darüber nachdenkt und herauszufinden versucht, was wohl hinter der Stirn dieses anderen vor sich geht, wenn er sich an die Stelle jener Augen setzen möchte ...? Und gesetzt den Fall, daß der Verurteilte den Mund aufmacht und anfängt zu plappern, wie soll sich der Spitzel das alles merken oder aufschreiben und melden? An welche Bewegung und an welches Wort wird er sich erinnern, was wird er vergessen? Wie sollte man durch das Sammeln dieser zusammenhangslosen und auseinandergerissenen Sätze und dieser Bewegungen, die nur im Augenblick des Vollzugs Bedeutung haben, die Tiefen eines Menschen ausloten können? Oder jemanden rekonstruieren? Oder sollten nicht besser sowohl der Verurteilte als auch der Spitzel frei sein? Zwei von hohen Mauern umgebene Freie, die sich die Zeit mit Blumenrabatten, einem Wasserbecken, einer Weide und ein paar hundert Büchern vertreiben? Und ich? Ich ...

Und Prinz Ehtedschab fühlte das schwere Gewicht seines Kopfes auf seinen zitternden Händen.

Die Mauern waren hoch. Ich habe lange gesucht, bis ich dieses Haus fand. Vier Zimmer waren genug für zwei Personen, um darin zu leben. Fachri berichtete: «Prinz, heute hat die Herrin gehustet. So stark, daß ich Angst bekommen habe.»

«Hat sie auch Blut gespuckt, ja?» fragte ich.

«Nein, Prinz. Das möge Gott verhüten! Nur in ihren Mundwinkeln war es ein bißchen rot. Die Herrin hat das schnell mit einem Taschentuch abgewischt. Ich hab gesagt, gnä' Frau, ich habe Angst. Soll ich den Arzt ... Aber sie hat gesagt, nein, das beunruhigt mich nicht!»

«Was hat sie dann getan, Fachri?»

«Die Herrin hat gesagt: ‹Erzähl davon nichts dem Prinzen.› Und ich hab *nein* gesagt.»

Fachri roch nach Lehmverputz und Seifenwasser, ihre Hände, ihre Schürze, ihre Haare. Sie erzählte: «Die Herrin ist dann aufgestanden und ist zum Wasserbecken gegangen. Alle Farbe war ihr aus dem Gesicht gewichen. ‹Stell den Stuhl ans Becken, Fachri!›, hat sie gesagt. Ich stellte ihn dorthin. ‹Fachri›, fuhr sie fort, ‹in diesem Haus wird es einem schwer ums Herz, mit all diesen vielen Zimmern.› (Es handelte sich um das das ganze Jahr über bewohnte Haus, das Haus der Ahnen.) ‹Warum das, gnä' Frau?› fragte ich sie. ‹Ich weiß es selber nicht. Aber ich möchte einfach nicht in diesem Haus sterben. Würde der Prinz doch nur ein anderes Haus kaufen! Dieses Gebäude ist alt geworden. Du wirst auch allein nicht mehr mit all den Zimmern fertig. Wenn der Prinz es nur verkaufen wollte!›»

Fachris Körper war warm, warm und nackt und voll

heißen Blutes. Die Tuberkulose konnte diesem lebendigen Bollwerk nichts anhaben.

«Und dann?» fragte ich.

«Sie saß am Wasserbecken und sagte: ‹Zieh mir die Strümpfe aus, Fachri!› – ‹Sehr wohl, Herrin›, hab ich geantwortet und hab sie ihr ausgezogen.»

«Wie sahen denn ihre Beine aus, Fachri? Haben sie dir gefallen?»

«Sie waren ganz weiß, Prinz.»

Fachronessa stellte die Füße auf den Rand des Bekkens – der Beckenrand war kalt –, dann auf die erste Stufe des Einstiegs, unter all die Fische. Die Fische schwammen heran und stießen mit ihren Schnauzen an Fachronessas Zehen. Fachronessa hatte Fieber, das Atmen fiel ihr schwer.

«Fachri, trug sie ihre Brille?» fragte ich.

«Ja, Prinz. Sie hat sogar gesagt: ‹Bitte, Fachri, geh und hol mir das Buch, das auf dem Tisch liegt!›»

«Sie saß also am Wasserbecken und las?»

«Als ich mit dem Buch zurückkam, hab ich gesehen, daß die Herrin die Hände auf die Knie gelegt hatte und vor sich hinstarrte. ‹Bitte, gnä' Frau!› sagte ich. Sie sagte nichts darauf. Sie schaute nur. ‹Ich hab Ihnen das Buch gebracht!› Sie fuhr plötzlich zusammen, ihre Schultern bebten, sie drehte sich um, nahm die Brille ab und fragte: ‹Bist du das, Fachri?› Wieder sagte ich: ‹Ihr Buch, gnä' Frau!› ‹Ach ja›, antwortete sie. ‹Gib her!›»

«Und was war dann?»

«Dann war nichts! Sie hat sich das Buch auf den Schoß gelegt und wieder nur geschaut.»

«Wohin?»

«Na ja, das weiß ich nicht. Ihr gegenüber waren die steinernen Mädchenfiguren, die Wasserspeier. Auch die Springbrunnenfontäne, auch die Straße. Und Platanen standen da. Mitten auf dem Weg hockte ein Rabe und pickte an einem Knochen herum.»

«Hat sie nicht zum Himmel hinaufgeschaut?» fragte ich.

«Das weiß ich nicht, Prinz», entgegnete sie. «Ich hab sie nicht von vorne gesehen. Ich hab gedacht, das wäre ihr sicher nicht recht.»

Da schlug ich zu, schlug Fachri ins Gesicht.

«Hab ich dir denn nicht gesagt, ...»

Sie weinte.

«Und weiter?» wollte ich wissen.

Ich hatte ihr die Tränen abgewischt. Das Schluchzen hinderte sie am Sprechen. Dann sagte sie: «Ich bin in die Küche gegangen, um nach dem Essen zu sehen. Als ich zurückkam, fragte ich: ‹Soll ich die Lampen anzünden, gnä' Frau?› Es wurde schließlich allmählich dunkel. ‹Nein, Fachri›, entgegnete sie. ‹Leg mir nur meinen Pelzmantel um die Schultern!›»

«Schaute sie noch immer vor sich hin?» fragte ich.

«Ja, Prinz. Aber die Beine hatte sie nicht mehr im Wasser.»

«War der Rabe noch da?»

«Nein, der war nicht mehr da.»

«War das Stück Himmel zu sehen?»

«Das hab ich nicht beobachtet. Vielleicht war es auch nicht zu sehen.»

«Konnte man das Tor dort am Ende des Gartens sehen?»

«Ich glaube schon!»

«Was hat Fachronessa gesagt?»

«Sie hat nur gesagt: ‹Du bist lieb, Fachri!›»

Der Rabe mit dem Knochen, die steinernen Jungfrauen, die Fontäne und die sich kräuselnden Wellen ... Der Rabe hat sicher zuerst an dem Knochen herumgepickt und ihn dann in den Schnabel genommen, oder auch nicht, und ist über die Bäume oder unter den Bäumen hindurch weggeflogen. Hat Fachronessa zugeschaut? Wenn sie das beobachtet hat, war sicher ihre ganze Aufmerksamkeit auf den Raben und auf den Knochen gerichtet, auf seine Flügel und auf seinen Flug unter... worunter?

Solange es noch hell ist, kann man das Tor sehen. Die jüngere Tante war schon längst gestorben. Diese Augen ... auch wenn ein Passant durch einen Türspalt hereinschaut, kann man ihn von so weit nicht erkennen. Fachronessa aber konnte das sehen, sogar wenn niemand hereinschaute. Sie erkannte jene schwarzen, besorgten Augen, deren Besitzerin, die jüngere Tante nämlich, eingehüllt in Tschador und Gesichtsschleier und weite Pumphosen vor der Tür stand und mit Gefühlen gemischt aus Angst und Stolz, Haß und Liebe und ... und ich weiß nicht was darauf wartete, daß vielleicht das schmale kleine Mädchen nochmals auf dem Balkon erschiene oder im kühlen Schatten der Bäume oder am Wasserbecken.

Es war sonnig. Durch die Bäume hindurch war dieses Stückchen Himmel zu sehen. Wenn ein paar Wolkenfetzen am Himmel gewesen wären, hätten sie vielleicht etliche Regentropfen ins Wasserbecken fallen lassen. Das sagte Fachri – oder aber auch nicht. Sie sagte immer nur: «Ich weiß es nicht, ich weiß es nicht!» Dummkopf! Fachronessa mit ihrem schlanken Körper ... und die leichte Brise, die wehte, ... und?

Sie gaben den Gefangenen kein Wasser, täglich nur ein paar Schluck. Damit sie nicht ununterbrochen raus gebracht werden wollten und zumindest das Gefängnis nicht anfing zu stinken. Nur ein Stück Brot. Sie hatten ihn in eins der Männergemächer geworfen, damit er gestehen sollte, was er sonst noch besitze und wo das sei. Dann sah er plötzlich den Scharfrichter, den Riesen, mit dem Dolch in der Hand in der Türöffnung stehen. Von der Spitze des Dolches tropfte Blut. Der Scharfrichter stand einfach da und schaute. Vielleicht strich er auch ab und zu über die scharfe Schneide des Dolches und starrte Mo'tamed Mirza an. Mo'tamed Mirza betrachtete das Muster des Teppichs, fuhr mit dem Finger die Bögen eines Ranken-Ornaments nach und sagte: «Nun gut, worauf wartest du noch? Bring es schon hinter dich!» Der Scharfrichter sagte: «Seine Majestät haben befohlen, ich solle mir das Trinkgeld für das Enthaupten von Agha Habib bei Mo'tamed holen!» Das hat Fachronessa erzählt. Ob sie das gelesen hatte? Vielleicht hat es auch ihr Vater erzählt. Ist ja auch egal.

Hat Fachronessa über all das nachgedacht? Oder über ... über den Raben und jenen Weg und den Schatten der Bäume? Oder über die Wipfel, diejenigen, die ganz unten am Weg einander berührten und so diesen Bogen bildeten, jenen grünen Bogengang. Oder über das pausenlose, monotone Geräusch des

Springbrunnens? Wie weit kann ein Sperling fliegen, dem man mit dem Federmesser die Augen ausgestochen hat? Er legte die Leiter an, stieg hinauf und zog ein paar Spatzen unter dem Dach hervor. Sicherlich hatten sie schon Federn, sonst hätten sie ja nicht fliegen können. Wie weit? Hat er die Augen schon droben auf der Leiter ausgestochen oder erst unten? So etwas zu tun, ist doch wohl nicht erblich, oder doch? Das Blut der Vorväter!? Ich konnte nicht mehr auf die Jagd gehen, sogar der Anblick einer Wildente, die im Blute lag, ... oder die ein Jagdhund in den Fängen hielt, erregte mir Übelkeit. Wie könnte ein zwölf- oder dreizehnjähriges Kind, selbst wenn es zum Gouverneur einer Provinz ernannt war, so etwas tun? Wo war da bloß der Erzieher, um ...? Er pflegte den Spatzen die Augen auszustechen, einem nach dem anderen, und ließ sie los, damit sie fliegen sollten. Wie weit? Stießen sie an einen Baum oder an eine Mauer? Hat er gelacht? Ich weiß es nicht. Vielleicht hat er auch nur beobachtet, daß diesmal der eine ..., oder er hat eine Wette abgeschlossen, daß dieser da sicher die Kiefer erreichen würde, und wenn er dann feststellte, daß er sie doch nicht erreicht hat, eben ein anderer. Warum? Lohnte es sich, so etwas zu lesen?

Fachri hat gesagt: «Sie saß da und schaute.» Der Rabe war weggeflogen, die Sonne ging unter. Wenn Fachronessa den Kopf gedreht hätte, hätte sie das Abendrot sehen können. Aber sie hat ihn nicht gedreht, oder hat sie ihn doch gedreht und darauf geachtet? Oder auch nicht und dann ... dann, wenn es dunkel war, was dann? Sicher fiel vom Haus Licht nach draußen, vielleicht durch ein Fenster an der Westseite oder... und das Plätschern des Springbrunnens, das Zirpen der Grillen, so wie jetzt, wo der endlose Faden ihres Zirpens... wenn man in die Dunkelheit schaut, dort hinüber, weiß man, was dort geschehen könnte, aber man weiß nicht, was wirklich vor sich geht. Deshalb birgt die Dunkelheit viele Geheimnisse. Wenn ich spät abends nach Hause kam, wußte ich, daß sie am Fenster saß, im Dunkeln, daß sie in die Finsternis hinausstarrte und..., und daß Fachronessa vielleicht die ganze Zeit über die Augen geschlossen hatte, oder daß sie eingeschlafen war, ... und im Traum?

In diesem von den Ahnen auf mich überkommenen Haus konnte sie sich immer mit irgendetwas beschäftigen, indem sie über all die Mädchen und tugendsamen Frauen nachdachte, die im Harem des Großvaters herumwimmelten, und über die Geistlichen... Ich habe dieses Haus gekauft. Als ich diese Mauern sah, wußte ich, daß es das richtige war. Ich dachte, es wäre gut, die Weide abschlagen, die Blumenbeete zupflastern und sogar das Wasserbecken auffüllen zu lassen. Aber das war nicht möglich. Wenn sie dahinter gekommen wäre, wäre es nicht gegangen. Ich dachte, egal, das macht nichts. Heidar Ali war auch noch da. Ich hab ihn wieder verheiratet und gesagt, sie sollten sich dort in dem Zimmer an der Tür einrichten und sich nur um die Blumenrabatten kümmern. Und um den Einkauf. Als ich aber sah, daß sie ein Kind nach dem anderen kriegten, zwei in nicht mal zwei Jahren, hab ich ihn rausgeworfen. Ich hab gut daran getan. Er ist dann zu meinem Vetter gegangen. Nachdem Fachronessa gestorben war, ist er wieder aufgetaucht: «Fachri und ich, wir gehören zusammen!» Idiot!

Am Anfang hab ich die Tür nicht abgeschlossen. Ich ließ alles Nötige – Grünzeug und Lebensmittel – ins Haus liefern. Die Bauern brachten das, oder jemand vom Markt, damit nichts außerhalb des Hauses zu tun war. Nur ab und zu, wenn Fachronessa darauf bestand, fuhren wir ins Dorf. Der Doktor hatte ihr das verordnet... Der Doktor hatte auch gesagt, sie solle nicht trinken. Ich hatte den Bauern aufgetragen, jedes Jahr Wein zu keltern und uns zu bringen. Im Souterrain lagen immer ein paar Fäßchen. Sie trank jeden Tag gegen nachmittag und zum Abendessen. Und vormittags? Fachri hat gesagt: «Ab und zu mal ein Gläschen, aber nie mehr.» Sie berichtete auch: «Morgens geht die Herrin immer im Hof spazieren.» Wenn ich früh morgens aufstand, habe ich das selbst gesehen, von der Terrasse aus: Sie trug die Brille in der Hand und ging hin und her. Unter dem langen, weißen Spitzenkleid zeichnete sich ihr Körper ab. Ihr Nacken war schneeweiß. Die Haare fielen ihr über die Brüste, und sie ging auf und ab und kaute auf einem grünen Halm herum. Wenn sie der Husten überfiel, setzte sie sich manchmal auf ihren Stuhl unter dem Weidenbaum.

Sie saß auf dem Stuhl. Die Brille hatte sie aufgesetzt. Sie spielte an ihren Haaren herum und sagte: «Du wartest wohl, Prinz, was?»

«Fachronessa», sagte ich da, «so früh am Morgen erkältest du dich, vor allem auch in diesem Spitzenkleid.»

«Ein bißchen früher oder ein bißchen später, ist

doch egal! Wieviel hast du gestern abend verspielt, Prinz?»

«Nicht der Rede wert!»

«Erkälte bloß du dich nicht!»

«Keine Angst!»

«Ruf Fachri, sie soll mir was bringen, was ich mir über die Schultern legen kann!»

Und sie hustete. Ich sagte es zu Fachri und auch: «Wenn die Herrin etwas sagt, dann bemüh dich, nichts zu vergessen, sonst ...» Und ich kniff sie in die Bakken, nahm sie in die Arme und sagte: «Lach! Lach ganz laut!»

«Aber die Herrin ...», entgegnete sie.

«Macht nichts! Ich möchte, daß sie dich hört!»

Dort, auf dem Treppenabsatz ..., und sie sagte: «Doch nicht hier, Prinz!»

«Warum nicht?»

«Na ja, hier ist es kalt», meinte sie. «Mich friert's am Rücken.»

«Wovor fürchtest du dich bei so viel Fleisch? Lach, mein Mädchen, lach ganz laut! Und wenn dich Fachronessa fragt: ‹Warum hast du gelacht?›, dann sag, der Prinz habe es so gewollt. Keine Angst! Sag's ruhig. Aber vergiß nicht, du mußt mir sagen, was ihre Augen ausdrücken, wenn du ihr das erzählst, ihre Hände und sogar ihre Lippen.»

Fachronessa hatte gesagt: «Du bist lieb, Fachri!» Und sie hatte gelächelt. Und sie hatte die Hände in die Manteltaschen gesteckt. Die Augen waren von den Brillengläsern bedeckt, sie zwinkerte nicht. Fachri kniet sich vor sie hin und sagt: «Gnä' Frau, bei Gott, ich...» «Ich weiß», sagt sie, «du bist lieb!» Und sie streicht Fachri die Haare aus der Stirn. Sie hat Fachri auch den Kragen zurechtgezupft. «Geh ins Bad», sagt sie, «so geht das nicht. Du warst schon seit einer ganzen Woche nicht mehr...» «Na ja, gnä' Frau» sagte Fachri, «Ich hab meine Tage. Wenn die vorbei sind, ganz bestimmt.» – «Wie ist es dann möglich, daß der Prinz mit dir, wenn du deine Tage hast...?» Fachri weint und legt Fachronessa den Kopf in den Schoß. Und Fachronessa, die immer noch hustet, streicht Fachri über die Haare. «Du bist lieb», hat sie gesagt und gehustet.

Als ich die Treppe hinunterstieg, sah ich, daß Fachri ihre Schultern festhielt. Fachronessa hustete immer noch und sagte: «Prinz, sobald du Zeit findest, ruf bitte Doktor Abu Nowas an und sag ihm, er soll kommen!» «Das Telefon ist doch da, laß Fachri anrufen!» entgegnete ich. «Schau, Khosrow Khan, mir ist es ja egal, aber wäre es nicht besser gewesen, wenn du die Kerzenleuchter nicht verkauft hättest? Die hättest du mir doch lassen können!» «Wir haben keinen Platz für all diesen Kram», sagte ich. «Soll ich heute abend auf dich warten?» – «Ich weiß nicht. Mal sehen, was vorkommt.» Fachri hatte den Kopf gesenkt.

Als ich in der Nacht zurückkam, hörte ich Fachronessas Stimme von oben.

Fachri berichtete dann: «Der Arzt war da und hat gesagt, die Herrin sollte in einem solchen Zustand keinen Wein trinken! Oder wenigstens nicht so viel!» Und Fachronessa habe darauf erwidert, früher oder später...»

«Fachri, erzähl vom Vormittag!» forderte ich sie auf. Und sie berichtete.

«Was ist passiert, als du raufgegangen bist?» wollte ich wissen.

«Die Herrin lag auf dem Bett. Sie fragte: ‹Fachri, warum kannst du nicht richtig lachen?› Ich wollte sagen: ‹Schließlich kitzelt mich der Prinz mit einer Feder›. Ich hab's aber nicht gesagt.» Dann sagte sie: ‹Ich weiß, aber ich verstehe nicht, wie der Prinz mit dir, wenn du doch deine Tage hast.›»

«Was hat sie sonst noch gesagt?» fragte ich. Sie könne sich nicht daran entsinnen, meinte sie, und sie wolle es nicht sagen. ... Ich schlug ihr ins Gesicht, da sagte sie: «Ich glaube, sie ...» Da kamen ihr die Tränen. «Ich kann mich schließlich nicht an alles erinnern.»

Auf dem Bett, außen an der Wand herum die Stuckarbeit, in der Mitte der Decke der Kronleuchter, die Spiegelchen, die in die Stuckarbeit eingelassen waren und die Bücher... Vom Bett aus konnte man sich in all den vielen Spiegelchen nicht richtig sehen. Monireh Khatun hätte das gekonnt.

Der Arzt kommt, Fachri ist auch dabei. Der Arzt sagt: «Verehrteste, wir müssen eine Röntgenaufnahme von Ihrer Brust machen!» Fachronessa sagt: «Verschreiben Sie mir nur einen Saft oder irgendetwas, daß ich nicht so viel husten muß, oder daß ich wenigstens aufstehen kann.»

«Was haben sie sonst noch gesprochen, Fachri?» fragte ich.

«Sie haben nicht viel geredet. Der Arzt ist bald wieder gegangen. An der Tür hat er zu mir gesagt: ‹Fachri, deiner Herrin geht es sehr schlecht. Grüß den Prinzen und richte ihm aus, er müsse sich etwas für seine Frau einfallen lassen, sonst . . .›»

«Lach, Fachri!» sagte ich. «Lach ganz laut. Ich möchte sie nicht husten hören! Lach!»

Fachronessa hustete genauso wie der Großvater und die Großmutter. «Ich kann doch nicht einfach so ohne Grund lachen», meinte Fachri. Da kitzelte ich sie mit einer Feder unter den Achseln oder an den Fußsohlen. Fachri wälzte sich hin und her, ihre Brüste wabbelten. Sie lachte so, daß ihre Augen feucht wurden. Doch wieder erklang das Husten von Fachronessa. Ich verbarg meinen Kopf unter Fachris Haaren und hielt mir die Ohren zu.

Als sie dort oben auf dem Bett das Lachen von Fachri hörte, umgeben von all der Stuckarbeit mit all den vielen eingelassenen Spiegelchen, mit den Vorhängen und dem Kronleuchter . . . Die Bücher standen in den Regalen und lagen neben dem Bett oder auf dem Kaminsims aufeinandergestapelt. Wenn sie sich umdrehte, konnte sie das Lesezeichen in dem Buch auf dem Tisch sehen. War es das? Nie hat sie gesagt: «Prinz, du bist lieb!»

Ich konnte sie nicht dazu bringen, mich ihren nackten Körper betrachten zu lassen. Sie pflegte zu sagen: «Das mag ich nicht!» Ich streckte mich neben ihr aus und befühlte in der Dunkelheit ihren ganzen Körper. Sie sagte: «Beeil dich schon, laß mich in Frieden, ich möchte schlafen!» Aber sie konnte nicht einschlafen. «Steh auf», sagte sie da, «lies mir ein paar Seiten aus diesem Buch vor, vielleicht...» «Fängst du wieder damit an, Fachronessa?» entgegnete ich. «Ich bin schläfrig!» – «Zünd die Lampe an und stell sie neben dich!» Ich setzte mich neben sie aufs Bett und las. Sie hatte die Hände hinter dem Kopf verschränkt, sah zur Decke, und ich las. Wenn ich sie anschaute, fragte sie: «Wo bist du mit deinen Gedanken, Prinz?» Eine ihrer Brüste war zu sehen. Das Licht der Lampe fiel darauf. Ich schaute auf die Rundungen der Brust, die einen Schatten warfen. «Lies schon, Prinz!» sagte sie. Ich war betrunken. Sicher streckte ich deshalb die Hand aus und knöpfte ihr das Nachthemd auf. Sie lag einfach da, die Hände hinter dem Kopf verschränkt und schaute zur Decke. «Ich liebe dich, Fachronessa», sagte ich. Sie lachte, lachte so, daß sich ihre Augen mit Tränen füllten. Sie trug die Brille nicht. Fachri konnte nicht so laut und doch wohlklingend lachen. Das konnte sie überhaupt nicht. Ich konnte tun, was ich wollte, es klappte nicht. Ihre großen Brüste bebten, sie riß ihren Mund so weit auf, daß ich alle Zähne sehen konnte. Sie konnte es einfach nicht! Als ob sie gurgelte, ich schlug sie, aber sie konnte es immer noch nicht. «So ist's gut!» rief ich. «Lach laut!»

Und ich kitzelte sie in den Achselhöhlen, bis sie anfing zu weinen. Ich streckte mich neben ihr aus, verbarg meinen Kopf unter ihren Haaren oder legte ihn auf ihre warmen Brüste. Und lag dort. Dort, in Fachris Bett. Doch ich konnte nicht einschlafen. Das Husten von Fachronessa war trocken und stoßweise.

Als sie die Bahre wegtrugen, die Ampeln auslöschten und der ganze Innenraum der Moschee nach Aloe roch, die Kutschen wegfuhren und die Trauerfeier beendet war, stieg Fachronessa wieder in ihren Bilderrahmen – ohne die Nelke aus der Vase zu nehmen und sie sich wieder in den Mundwinkel zu klemmen. Der Prinz sah den Staub auf ihren Haaren liegen. Und er sah, daß Fachronessa unter dem Staub auf ihrem Haar und unter diesem Spitzenkleid und der Brille und der weißen Haut weit außerhalb seiner Reichweite existierte und doch nicht existierte. Und das Laken war weiß, und das Blut, das Fachronessa aus den Mundwinkeln geronnen war, hatte es befleckt. Und wieder hörte er das Knirschen der Räder und Hassanis Schritte. Der Rollstuhl kam die Treppe herauf und Morad sagte das eine um das andere Mal: «Beeil dich, Frau!»

«Ich bin's wirklich müde. Mußt du denn all die Stufen raufkommen?»

Dann war nur noch das Rollen der Räder auf den Steinfliesen der Vorhalle zu hören. Als sich die Tür öffnete, hörte der Prinz das Quietschen der Räder und die Schritte der Frau. Die Tür wurde geschlossen.

«Gott zum Gruße!»

«Grüß Gott», sagte auch Hassani.

«Bist du's wieder, Morad?» fragte der Prinz.»Hab ich dir nicht hundertmal gesagt . . .?»

Der Prinz fühlte nur noch das weiche Drehen der Räder auf dem Teppich. Mäuse nagten an etwas herum. «Morad, ist denn wieder jemand gestorben? Hm?» brüllte der Prinz.

Und er hustete. Im Licht eines Streichholzes konnte der Prinz nur die beiden Augen zwischen all den Runzeln und Falten sehen und die schwache Glut der Zigarette. Er wußte, daß der Rollstuhl jetzt am Kamin angekommen war und daß Hassani in der Asche im Kamin nach etwas suchte. Er hörte auch das Nagen der Mäuse. Ein trockener, anhaltender Husten erschütterte die Schultern des Prinzen.

«Verehrter Prinz», sagte Morad, «Prinz Ehtedschab ist verschieden.»

«Ehtedschab?» fragte der Prinz.

«Kennen Sie ihn denn nicht? Der Sohn des Obersten Ehtedschab, der Enkel des Großen Prinzen, der Urenkel Seiner Hoheit. Ich meine Khosrow, den, der bei den Empfängen neben dem Großen Prinzen stand, der ihm mit der Hand übers Haar fuhr und sagte: «Mein Junge, werd du bloß nicht so ein Hahnrei wie dein Vater!»

«Ach ja!», sagte der Prinz.

«Er hatte Tuberkulose, war spindeldürr, war nicht mehr zu erkennen. Gott sei seiner armen Seele gnädig!»

Der Husten ließ die Schultern des Prinzen erbeben. Und der Prinz hörte die bunten Fensterscheiben klirren und die Kronleuchter und die Schüsseln und die Teller in den Regalen, die Bilder des Großvaters und der Großmutter, des Vaters und der Mutter, der Tanten und sogar Fachronessas. Und der Prinz sah Fachronessa lang ausgestreckt unter dem weißen Laken liegen, sah, wie sich der Blutfleck auf dem Laken ausbreitete. Er hustete, und Blut befeuchtete seinen Mund und seine Mundwinkel.

Die Mäuse waren verschwunden. Der Prinz hatte

den Kopf gesenkt und ihn in die zitternden Hände gestützt. Seine Stirn war kalt geworden. Eine unzeitige Morgendämmerung hatte das ganze Zimmer erhellt, von Ferne war das Krähen der Hähne zu hören. Der Prinz hörte das Heulen der Hunde, das Rollen der Räder auf dem Teppich, dann das Öffnen und Schließen der Tür. Die Räder des Rollstuhls scharrten über die Steinfliesen der Vorhalle und über die Stufen. Morad sagte: «Beeil dich, Frau!»

Und Hassani entgegnete: «Ich bin's wirklich müde geworden! Mußt du denn unbedingt all die Stufen hinunter?»

Die Treppe war feucht und nahm kein Ende. Und der Prinz, der wußte, daß er nichts erreicht hatte, daß der Großvater nicht in irgendeiner Haut verstaut werden konnte, daß Fachronessa... Er stieg eine Stufe nach der anderen hinab, immer tiefer, all die Stufen, die zu diesem feuchten Korridor hinunterführten, zu diesem eisig kalten unterirdischen Verlies, zu dem Laken und dem Blut und zu diesen starren Augen, die da waren und doch nicht da waren.

Anmerkungen

1 Innerer, für die Frauen bestimmter Flügel des iranischen Hauses.

2 Eine Art Süßigkeit, hergestellt aus dem Saft der Tamariske (Manna), Zucker und Eiweiß.

3 Gemeint ist die Schlacht bei Kerbela, in der Imam Hossein und 72 Getreue getötet wurden.

4 Bezeichnung für einen Erzieher (oft Eunuchen), der sich um die Söhne seines Herrn kümmert.

5 Da der Angesprochene ein Sseiyed ist, ist sein Ahnherr der Prophet Mohammad.

6 Eine der Geschichten aus dem Abenteuerroman «Liebe und Abenteuer des Amir Arsalan», einer Schöpfung des Hoferzählers von Schah Naser od-Din. Naqib al-Mamalek mußte dem Monarchen jeden Abend Geschichten erzählen, die dann niedergeschrieben wurden.

Nachbemerkung zu Huschang Golschiri von Navid Kermani

Von der Krankheit Huschang Golschiris erfuhr ich im Urlaub. Ein Radiosender rief mich Ostermontag auf dem Handy an, um mich zu den Zeitungsverboten und Verhaftungen in Iran zu befragen. Welche Verbote, welche Verhaftungen? fragte ich. Vom Redakteur ließ ich eilig mir die Informationen geben, die ihm die Agenturen geliefert hatten, und verabschiedete mich dankend. Ich drückte den roten Knopf, der beim Handy das Auflegen des Hörers ersetzt, und wählte im selben Impuls die Nummer Huschang Golschiris in Teheran. In der Zeit, die das Freizeichen brauchte, bis es in krächzender Leitung erklang, fand ich Gelegenheit zu hoffen, daß die Lage nicht so angespannt sei, wie es die Meldungen vermuten ließen. Aber bereits im «Hallo», mit dem sich seine Frau Farzaneh Taheri meldete, schienen sich die Befürchtungen zu bestätigen. Ein knappes Begrüßungsritual später wußte ich, daß ich mich getäuscht hatte und auch nicht: Golschiri sei zusammengebrochen und liege auf der Intensivstation. Die Ärzte vermuteten, er leide an Lungenkrebs. Genaueres ließe sich erst morgen oder übermorgen sagen. Die meiste Zeit sei er bewußtlos. Wenn er die Augen für kurze Zeit öffne, sehe er sie nur traurig an.

Ein halbes Jahr zuvor hatte er uns das letzte Mal besucht. Er wartete auf ein Visum für England, wo er mit zwei, drei Verlegern sprechen wollte, die an seinen Texten interessiert waren. Den Antrag hatte er schon während seines letzten Aufenthaltes beim Konsulat in Düsseldorf eingereicht. Man werde sich bei ihm melden, sobald das Visum bewilligt sei, hatte man ihm mitgeteilt. Es war nicht möglich, beim Konsulat nach dem Stand der Dinge zu fragen. Wenn ich anrief, war die Leitung entweder besetzt oder es meldete sich niemand, oder wenn sich eine Dame meldete, schickte sie mich auf die Warteschleife. Vielleicht schloß sie dann mit ihren Kolleginnen Wetten auf meine Geduld ab. Golschiri kannte das schon. Meinen Vorschlag, auf gut Glück nach Düsseldorf zu fahren, verwarf er. Schon während seines letzten Aufenthaltes in Deutschland hatte er persönlich vorgesprochen und Stunden später die Auskunft erhalten, man werde ihn zu gegebener

Zeit anrufen. Gut für uns, daß die Briten sich so anstellen und er uns deshalb noch eine Weile mit der Ehre seiner Anwesenheit beglücken werde, sagte ich. Auf Persisch sagt man solche Dinge, wenn man sagen möchte: Ist doch ganz schön, dann können wir noch ein bißchen Backgammon spielen. Na, dann hol mal das Brett, knurrte er. Wir gingen in unsere Zimmer, um die Pyjamahosen anzuziehen, und trafen uns im Wohnzimmer wieder. Zum richtigen Backgammonspiel gehören in Iran die Pyjamahosen, weil nur sie den Beinen genügend Freiheit gewähren, um auf einem Perserteppich bequem zu sitzen (eine Jogginghose erfüllte den gleichen Zweck, doch wie kümmerlich staut sich, Speckfalten gleich, ihr feister Stoff an Männerbeinen, vergleicht man es mit den luftigen Wellen einer Pyjamahose). Ich bereitete Tee, füllte die Pistazien in die Schale und setzte mich zu ihm auf den Teppich. Meistens ging er aus den nächtlichen Spielrunden als Sieger hervor, und dann schüttete er tagelang seinen Hohn über mich aus. Ausländer! Anfänger! Möchtegern-Isfahani!

Wie konnte er spotten! Selbst mir schossen die Tränen in die Augen, während sich meine Frau Katajun Amirpur längst vor Lachen krümmte. Und wie konnte er meinen Spott parieren! Auch wenn ich ausnahmsweise gewonnen hatte, war der Begossene am Ende immer ich. Aber es waren doch auch ungleiche Voraussetzungen: Ich mit meinem Pidginpersisch, und er der große Dichter, dem wenige in Iran abstritten, die kunstvollste Prosa unter allen Zeitgenossen zu schreiben. Wenn ich mit Golschiri sprach, geschah es oft, daß ich plötzlich spürte, etwas nicht verstanden zu haben. Das geschah mir nur mit ihm. Dann begriff ich, daß ein Witz wieder mal zu subtil gewesen war, um von mir bemerkt zu werden. Er freute sich jedesmal diebisch, wenn ich die Abzweigung in die Ironie oder die Groteske verpaßt hatte, und ging den Weg zur Pointe noch einmal Schritt für Schritt nach. Er betrachtete es als eine Lektion, und das war es tatsächlich. Golschiri, der nach dem Abitur ein paar Jahre als Dorfschullehrer bei Isfahan gearbeitet und sich, seit er Ende der sechziger Jahre durch seinen Kurzroman *Prinz Ehtedschab* auf einen Schlag berühmt wurde, wie kein anderer Autor seiner Generation für die jungen Schriftsteller und Schriftstellerinnen in Iran eingesetzt, sich um sie gekümmert und sie trotz Lehrverbot unterrichtet hat, Golschiri blieb in jeder Sekunde seines Alters ein Pädagoge. Er konnte nicht anders, als alle Welt vor ihren Fehlern zu bewahren versuchen. Es war dies auch ein wesentlicher Impuls für sein politisches Engagement: Er konnte nicht anders, als sich über die Zensur, die Unfreiheit, die Barbarei der Kulturfunktionäre in Iran öffentlich zu entrüsten, als es längst lebensgefährlich geworden war. Er sagte immer: Laßt mich in Ruhe mit der Politik, und dann war er doch der erste und manchmal der einzige Schriftsteller in Teheran, der den Hörer abnahm, um den persischsprachigen Diensten der Auslandssender Interviews zu geben, uns per Fax Artikel nach Deutschland schickte und seine Kollegen zu einer Versammlung einberief und Protesterklärungen initiierte. Das war in den bösen Stunden, von denen er in den letzten Jahren so viele durchlitten hat, die Morde an seinen Freunden, die Anschläge auf ihn, die Festnahmen und Verhöre. In seinen besten Stunden, von denen ihm das Leben gegen Ende auch ein paar gönnte, war er ein anmaßender, selbstherrlicher und irrwitzig komischer Didakt aller Lebenslagen, eine Mischung aus Oberlehrer Lämpel, Groucho Marx und dem weisen Alten, wie ihn die buddhistischen Fabeln vorstellen. Selbst wenn er Backgammon spielte, hörte er nicht zu lehren auf (jedenfalls wenn er mit mir spielte). Ein schlechter Zug seines Gegners konnte ein Gewitter aus Vorhaltungen und Ratschlägen hervorrufen. Selbst wenn ich abspülte, wußte er, wie es besser ging. Vielleicht hat dieser Zug einen Grund in seiner Herkunft, die auch die meine ist. Nicht nur der Geiz der Isfahanis ist Legende, sondern vor allem ihre Besserwisserei und der Trieb, sich in alle Angelegenheiten einzumischen, sofern sie einen nur ja nichts angehen. Und wenn zwei Isfahanis aufeinandertreffen, kommt die Welt, die in diesem Fall aus meiner Frau und meiner Tochter bestand, nicht aus dem Lachen heraus.

Ich hatte das Gefühl, daß Golschiri sich bei uns wohlfühlte. Er mied die Bekannten und Verehrer, von denen es in Köln, wie in fast allen Großstädten Westeuropas, ganze Heerscharen gab. Er ging selten aus und hatte anders als bei früheren Besuchen keine Lust, ins Theater, ins Museum oder ins Café zu gehen. Auch unsere Backgammonrunden zogen sich nicht mehr, wie es uns früher passierte, bis in den Morgen hin. Es war offensichtlich, daß es ihm an Kraft fehlte. Er trank nicht, rauchte fast nie und aß wenig.

Dafür gönnte er sich täglich einen langen Mittagsschlaf. Er selbst rief immer wieder, wie gut ihm Stille tue, seit langem komme er endlich wieder zur Ruhe. Ich gab mich mit der Erklärung zufrieden und werfe mir bis heute vor, ihn nicht zum Arzt gebracht zu haben, der den Tumor vielleicht entdeckt hätte.

Wenn ich arbeitete, las er sich durch meine Bibliothek oder kroch mit meiner Tochter Ayda, die eben zu krabbeln gelernt hatte, durch die Wohnung. Er liebte sie, und sie liebte ihn. Ich möchte an dieser Stelle eine manchen gering erscheinende Tat annoncieren, die mir selbst jedoch – und keineswegs bloß aus Vatergefühlen – groß und für einen bedeutenden, gesundheitlich schon angegriffenen Schriftsteller bezeichnend vorkommt: Huschang Golschiri war der erste Mensch, auf dessen Rücken meine Tochter jauchzend vor Vergnügen ritt. Manchmal schimpfte er mich aus, weil ich meiner Frau zu selten im Haushalt half, dabei hatte ich mit ihr ausgemacht, die Zeit, die mir die Arbeit ließ, vor allem ihm, der doch unser Gast war, zu widmen. Weil ich ihm das nicht sagen konnte, hielt Golschiri mich bis zum Schluß für einen unverbesserlichen Pascha. Er sorgte sich um unsere Beziehung und darum, daß ich vor lauter Vaterglück das Glück trete, von einer wunderbaren Frau geliebt zu werden (da er mir wie allen anderen Männern soviel Geschmack nicht zutraute, schrieb er unsere Beziehung himmlischen Mächten und ihrer Barmherzigkeit zu). Wenn er und Katajun sich unterhielten, taten sie es in einem ganz eigenen, scherzhaft-schäkernden Ton, der ihnen vorbehalten war. Blieb etwas vom Essen übrig, setzte er alles daran, daß sie uns am nächsten Tag die Reste vorsetzte. Nach dem Essen war er selbst unter Körpereinsatz nicht davon abzuhalten, beim Abräumen zu helfen und das Geschirr in die Spülmaschine zu stellen (so ganz kraftlos war er denn doch wieder nicht). Dabei gefiel es ihm, wie ich mit meiner Tochter umging, auch daß ich alles tat, was iranische Männer seiner Generation nie getan haben, sie wickelte, sie fütterte oder sie gemeinsam mit ihm mitnahm, wann immer ich in der Stadt etwas zu erledigen hatte. Ein paar Monate zuvor, Anfang Februar 1999, hatten wir zu fünft – Golschiri, Farzaneh, Katajun, Ayda und ich – die großen Feiern zum zwanzigsten Jahrestag der Revolution in Teheran besucht. Ich wollte etwas für die Zeitung schreiben, und alle bekamen Lust, mich zu begleiten. Nicht im Traum hätte er, der berüchtigte und vielfach verfolgte Regimekritiker, gedacht, einmal an den Revolutionsfeierlichkeiten teilzunehmen, aber als ich erzählte, hingehen zu wollen, war er sogleich begeistert. Wie wir unter den Hunderttausenden von Demonstranten zum «Freiheitsplatz» spazierten, waren wir ein recht auffälliges Quintett: Unsere Kleidung, Kopftuch und Mantel der Frauen, Golschiris Kinnbart, wie ihn in Iran fast nur die Intellektuellen tragen, und meine glattrasierten Wangen wiesen uns als Angehörige einer sozialen Schicht aus, die an den Aufmärschen der Islamischen Republik so selten teilnimmt wie Protestanten an der Kommunion. Golschiri sammelte die Flugblätter der diversen Grüppchen ein, die unter den Anhängern der Revolution für besonders extremistische Positionen streiten, um ihre Sprache zu studieren. Immer wieder blieb er stehen, weil er sich an einem Stand oder Büchertisch in ein Gespräch verwickelte. Wie er aussah und was er sagte, fanden die Leute wohl merkwürdig, aber mit seinen freundlichen Neckereien brachte er sie ein ums andere Mal zum Schmunzeln. Manche erkannten ihn, aber niemand ging ihn unfreundlich an. Ohnehin war Golschiri nicht das eigentliche Objekt des Staunens. Viel kurioser erschien den Demonstranten, daß aus meinem langen schwarzen Mantel, der an diesem Tag schon ungewöhnlich genug war, das mit Mütze und Schal gutvermummte Gesicht Aydas hervorlugte. Ich hatte sie mir mit dem Wilky-Netz vor den Bauch gebunden, und da sie inzwischen über zwei Monate alt war, saß sie mit dem Gesicht nach vorn und blickte aus Riesenaugen auf die revolutionäre Welt. Golschiri war vom Wilky-Netz begeistert, weil es eine neue, in gewisser Weise ganz alte Beziehung zwischen Eltern und Kind anzeigte, aber auch weil er sich an den neugierigen Blicken und dem ungläubigen Tuscheln freute, mit dem vor allem die durchweg tiefverschleierten Frauen auf Ayda im Mantel reagierten.

Beim Abendessen in Köln belehrte er uns immer wieder, wie wichtig es sei, daß viele junge Männer ein anderes Verhältnis zu ihren Frauen und Kindern hätten als in seiner Generation. Er selbst sei früher auch ein typisch orientalischer Mann gewesen, der im Haushalt außer dem fertigen Essen nichts angerührt habe. Dann habe er eines Tages auf dem Nachhauseweg seine hochschwangere Frau entdeckt, die sich in eine lange Schlange eingereiht hatte, um

Milch zu kaufen. Während des Krieges sei das gewesen, nichts als die Literatur, die Politik und die verschiedenen Sitzungen der unterschiedlichen Gruppen und Verbände habe er damals im Kopf gehabt. Er sei zu Farzaneh gegangen und habe ihr gesagt, sie solle nach Hause gehen und sich ausruhen. Ach, dämmert es dir etwa, daß es außer der Literatur und der Politik noch andere Dinge in unserem Leben gibt, habe sie gespottet.

Er hatte vor ihr Respekt, wie man es einem berühmten, älteren Herrn nicht zutrauen würde (die Resolutheit Farzanehs würde allerdings auch orientalischeren Männern als ihm Respekt einflößen). Tunlichst vermied er es, nur einen Funken ihrer gefürchteten Eifersucht zu wecken, und wenn seine Frau im Anschluß an eine Lesung oder auf einem Empfang doch einmal Grund hatte, die Augenbrauen hochzuziehen, weil der Charme mit Golschiri wieder einmal durchgegangen war, konnte er ganze Schlachtpläne entwerfen, um sie zu besänftigen. Ein ums andere Mal beschwor er – den Blick auf mich gerichtet, die Mundwinkel maliziös in die Höhe gezogen – den Wert der Treue und der gegenseitigen Fürsorge. Wohl erschloß sich uns in seinen Erinnerungen, mit denen er uns allabendlich unterhielt, eine Vergangenheit, die in jeglicher Hinsicht bewegt zu nennen war, aber Golschiri versicherte uns, sooft er sich in eine allzu libertine Anekdote verplappert hatte, daß spätestens die Heirat ihn geläutert habe. Dafür ließ er sich gern aus, wer unter seinen Kollegen es wann mit wem hatte, und zürnte jedem Schriftsteller, der seine Zeit vergeudete, anstatt sich der Literatur, dem Widerstand und der eigenen Frau zu widmen, zumal der Geheimdienst in ihrer aller Privatleben wühlte. Und was für einen schlechten Geschmack sie hätten, diese Kollegen! Wenn er dagegen von Farzaneh und den beiden schon fast erwachsenen Kindern sprach, wirkte er wie ein frisch Verliebter, der sein Glück noch nicht fassen kann. Seine Bodenständigkeit ist ihm nicht angeboren gewesen, sie rührte aus Demut her, glaube ich: Er hatte viel gesehen und wollte nun bewahren, was das Leben ihm an Gutem geschenkt hatte. Weil es in Iran fast nur Schafskäse gibt, tischte ich fast jeden Abend köstliche Käsesorten aus Frankreich, Italien, Spanien auf, um ihn zu verwöhnen. Aber Golschiri rührte bis zum letzten Tag nur den türkischen Schafskäse an und sagte immer: Gott ein einziger, Frau eine einzige, Käse ein einziger. Er sagte das wirklich jeden Abend, so daß es uns zum geflügelten Wort geriet. Wenn ich ihm erklärte, warum ich trotz der vielen Arbeit und der vernachlässigten Pflichten im Haushalt nicht darauf verzichten konnte, montags im Deutschen Sportfernsehen die Live-Übertragung des Zweitligaspiels zwischen dem 1. FC Köln («dem Real Madrid des Westens», wie ich ihm zu erklären versuchte) und irgendeinem Kickers Gütersbus zu verfolgen, und zwar mitsamt Vorberichterstattung und Trainerinterviews, sagte ich: Fußballverein ein einziger. Golschiri, der von Fußball nicht die geringste Ahnung hatte, setzte sich dann neben mich aufs Sofa und begann ab der zweiten Spielminute über meine Kölner Fußballer zu lästern, das niedrige Niveau der Partie, die laienhafte Taktik, das unbeholfene Auftreten, die mangelnde Spielkultur. Natürlich war kein Paß und kein Dribbling so gut, daß er nicht behauptet hätte, noch in seinem Alter besser mit dem Ball umgehen zu können. Nur als der 1. FC Köln ausgerechnet gegen den Erzrivalen Mönchengladbach verlor, hörte er zu frotzeln auf. Ohne ironischen Unterton tröstete er mich und forderte Katajun auf, heute nacht mit mir liebevoll umzugehen, «ausnahmsweise».

Nach dem Abendbrot gingen wir meistens noch zum Rhein, die Nächte am Zayanderud, dem «Lebensspendenden Fluß» von Isfahan, im Gedächtnis. Beinah immer unterhielten wir uns über die Dichtung und die Sprache. Golschiri war interessiert, von den neuesten Entwicklungen in der deutschen Literatur und den Debatten in den Feuilletons zu erfahren. Auch über die Ästhetik des Korans, über die wir beide aus verschiedenen Blickwinkeln geschrieben hatten, sprachen wir ausführlich. Gegen Ende seinen Lebens verfocht er, der einmal politisch weit links gestanden hatte, immer entschiedener das einzelne Besondere gegenüber dem großen Allgemeinen. Das galt für sein literarisches wie sein politisches Interesse, er trennte das nicht. Daß zum Beispiel vom Ajatollah Chomeini gesagt werde, daß dieser niemals nach links oder nach rechts geschaut habe, wenn er täglich von seinem Haus im irakischen Nadschaf zur Moschee ging, und daß er während seines gesamtes Aufenthaltes dort nicht ein einziges Mal zum Fluß spaziert sei, kam Golschiri beängstigend vor. Schließlich sage man dies zum Lobe Chomeinis, betonte er. Er bezeichnete das Verhalten Chomeinis als «prophetenhaft». Es gehe nicht darum, die Propheten zu beleidigen. Es gehe darum, das Leben zu betrachten, dieses Leben von heute, dieses einfache und kleine Leben, diesen Fluß, diese Ente, dieses Abendbrot, es gehe darum, daß du eine Blume auf den Tisch stellst, daß du dein Zimmer fegst, daß man eben dies verachte und ignoriere. Wenn seine linken Freiheitskämpfer nachts schlafen wollten, hätten sie sich einen besonders harten Boden gesucht. Und als er mit ihnen im Gefängnis saß, habe er festgestellt, daß die Schläge, die sie sich und ihm im Spiel verpaßten, schlimmer waren als die Folter der Verhörbeamten. Golschiri glaubte an all dies nicht mehr. Der normale, durchschnittliche Mensch in dieser Welt brauche sein Leben nicht mehr nach solchen Utopien auszurichten. Der Mensch wisse, daß man das Leben nicht plötzlich verändern, daß man nicht auf einmal die Welt für alle Zeiten in Ordnung bringen könne, daß das gefährlich sei. Jedes Urteil, das für immer gefällt werde, sei gefährlich. Die wirklich moderne Literatur sei dies: sich von beiden Polen der Prophetie zu entfernen, dem positiven wie dem negativen. Nietzsche sei ein großer Mann gewesen, aber aus dem Inneren seines Denkens sei der Faschismus hervorgegangen, und aus dem Inneren des Christentums sei das Mittelalter und das Verbrennen von Menschen hervorgegangen, und aus dem einseitigen Islam, wie er es nannte, sei all dies hervorgegangen, was jetzt ist. Man könne seinen Glauben vertreten, täglich beten, eine Beziehung zu Gott haben und so weiter, aber wenn einer dies in die Gesellschaft trage und sage, ich bin der Stellvertreter Gottes – man sollte ihn in die Psychiatrie einweisen oder jedenfalls beaufsichtigen, denn er stelle für die menschliche Gesellschaft eine Gefahr dar.

Über solche Dinge unterhielten wir uns am Rhein. Vieles ist mir im Gedächtnis geblieben, manches habe ich später notiert. Auf dem Rückweg überlegten wir gemeinsam, welches Auto ich mir anschaffen sollte, denn nach Jahren des ökologisch motivierten, in alle Welt hinausposaunten Verzichts hatte ich mich wegen Ayda dafür entschieden, das selbst gesetzte Dogma über Bord zu werfen. Golschiri achtete mein grünes Bewußtsein, freute sich aber zugleich über jedes überwundene Dogma. Außerdem meinte er, eine junge Familie benötige einen Wagen. Das sagte er auch Katajun, die ein Auto in der Stadt für überflüssig hielt. Mit einem Auto könnten wir doch am Wochenende ins Grüne fahren und das Leben genießen, anstatt ständig zu arbeiten. Und so gingen wir die parkenden Autos ab und tauschten die Argumente aus, welches Modell am besten zu uns paßte. Ich plädierte entschieden für eine möglichst große, möglichst alte Limousine (aber mit G-Kat), während er den Aspekt der Wirtschaftlichkeit und Zuverlässigkeit hervorhob. Den Rat meines Vaters, einen gebrauchten Benz zu kaufen, billigte er. Ich fürchtete, ein Mercedes desavouiere mich als spießig, doch pries er die deutsche Autobaukunst und verwarf meine Sorgen als dummes Zeug. Um die verschiedenen Modelle zu begutachten, liefen wir oft kreuz und quer durch das Eigelsteinviertel. Natürlich beschäftigten ihn, der meines Wissens nicht einmal einen Führerschein besaß, Autos überhaupt nicht, aber weil sie mich in jenen Tagen beschäftigten, interessierte auch er sich für sie.

Im Namen der Zeitung, für die ich damals schrieb, schickte ich schließlich ein Fax an den Presseatachée der britischen Botschaft in Berlin. Noch am gleichen Tag erhielt ich einen Anruf des Konsuls aus Düsseldorf, der untröstlich war und Golschiri bat, sich das Visum jederzeit abzuholen, gerne auch außerhalb der Geschäftszeiten.

Kurz darauf reiste Golschiri nach London, von wo er nach Teheran zurückkehren wollte. Weil es auf die Schnelle keinen günstigen Flug mehr gab, schlug ich ihm vor, den Eurostar zu nehmen. Er, der Weitgereiste, hatte höllische Angst, sich beim Umsteigen in Brüssel zu verirren, doch gelang es der Verkäuferin im Reisebüro und mir, ihn durch ausführliche Erläuterungen und unter Zuhilfenahme von Plänen des Brüsseler Bahnhofes zu überzeugen, daß es einfacher sei, mit dem Zug von Köln nach London als mit dem Taxi von Südteheran nach Westteheran zu fahren.

Ein paar Monate später, Anfang Februar 2000, sahen wir uns in Teheran wieder. Er und seine Familie waren guter Stimmung, denn der Reformprozeß schien voranzukommen. Die Parlamentswahlen hatten das erhoffte Ergebnis gebracht, die Zeitungen waren mutiger denn je, und auch die Konstituierung des Schriftstellerverbandes, ein Lebenswerk Golschiris, kam voran. Außerdem hatte die Zensurbehörde signalisiert, einigen seiner Bücher die Druckerlaubnis zu erteilen. Wie fast immer verbrachte ich meinen letzten Abend bei den Golschiris und fuhr nachts von dort zum nahegelegenen Flughafen. Lange hatte ich nicht mehr einen so entspannten Abend in Teheran verbracht und so viel gelacht.

Das Verbot aller reformorientierten Zeitungen und die Verhaftungen der kritischsten Autoren hat Golschiri nicht mehr bewußt erlebt. An dem Tag, an dem ich von seiner Krankheit erfuhr, mußte ich einen Artikel schreiben. Weil am selben Abend ein lange schon schwelender Streit mit Katajun zum Ausbruch kam, nahm ich meinen Laptop und setzte mich vor eine Taverne. Ich schrieb über die Repression in Iran, über die festgenommenen oder jedenfalls arbeitslosen Freunde in den Redaktionen, die bei meinem Besuch zwei Monate zuvor noch so hoffnungsvoll gewesen waren, ich schrieb über das vorläufige Ende auch meiner eigenen Hoffnung und dachte gleichzeitig an Huschang Golschiri auf der Intensivstation. Alles verschmolz sich zu einer Verzweiflung, in der das mögliche Ende meiner eigenen Ehe, meines eigenen kleinen Familienglücks läppisch erschien. Aber es war traurig, daß sich Katajun und ich ausgerechnet jetzt zerstritten hatten, da Golschiri im Sterben lag. Vielleicht hatte er früher als wir den Konflikt erahnt, daß er uns so beschwor, sorgsam miteinander zu sein.

In den nächsten Wochen telefonierte ich oft mit Farzaneh. Die vielen medizinischen Fachgebriffe, die sie mir auf persisch sagte, um die wöchentlich wechselnden Diagnosen zu erklären, verstand ich nicht. Ich verstand nur, daß Golschiri, kahlgeschoren, den buschigen Kinnbart abrasiert, innerhalb von Tagen bis auf die Knochen abmagerte und den Tod schon auf dem Antlitz getragen hat, als die Ärzte noch Zuversicht ausstrahlten. Wenn er für kurze Zeit aus seiner Bewußtlosigkeit hervortrat, nutzte er die wenigen Worte, die zu sprechen er in der Lage war, um Farzaneh und die Kinder mit ein paar angedeuteten Witzen zu trösten, bis er wieder in den Schlaf fiel und am 5. Juni 2000 entschied, nicht mehr zu erwachen.

Am Tag vor der Beerdigung beschloß ich, nach Teheran zu fliegen. Dieses eine Mal war es wirklich riskant einzureisen. In der konservativen Presse waren Hetzartikel erschienen, und mein Cousin in Isfahan hatte zudem den Hinweis erhalten, es werde gegen mich ermittelt. Niemand außer meiner Frau und der Redaktion wußte von meiner Reise. Meine Eltern hätten mich noch eigenhändig aus dem Flugzeug gezerrt, wenn sie geahnt hätten, daß ich nicht nach Hamburg, sondern nach Teheran fliegen wollte. Schon gar nicht kündigte ich mich in Teheran an. Da ich nur ganz kurz bleiben konnte, hatte ich ohnehin vor, ins Hotel zu gehen. Wenn man in Iran eine Tante besucht, muß man alle Verwandten besuchen. Anders als bei den vorherigen Reisen nach Iran hatte ich die reale Angst, in Teheran am Flughafen verhaftet zu werden, aber im Gegensatz zu früheren Malen versuchte Katajun mich nicht vom Flug abzuhalten. Sie sorgte sich, aber weil sie sofort verstanden hatte, warum ich fliegen mußte, zeigte sie mir nur ihre Liebe, nicht ihre Furcht. Das hat uns sehr nahegebracht. Anders als sie war ich selbst allerdings nervös und fahrig, wie ich sonst selten bin (außer wenn der 1. FC Köln spielt, versteht sich). Mehrfach buchte ich im Verlauf des Mittwochs den Flug und stornierte ihn wieder, bis ich um 13.45 Uhr Herrn Kochems von Aventurasreisen endgültig zusagte. Ich war unsicher, ob ich mich nicht wie ein kleines Kind verhielt, ob es nicht übertrieben und allzu pathetisch war, wegen einer Beerdigung eigens nach Teheran zu fliegen, zumal unter diesen Umständen. Aber als ich um 15 Uhr im Zug nach Frankfurt saß, wurde ich ganz ruhig. Auch als man mir in Teheran den Paß abnahm und ich darauf wartete, verhört zu werden, war ich so ruhig, wie ich es nie für möglich gehalten hätte. Die Ruhe kam nicht von mir, sie kam von ihm. Ich wußte, daß ich etwas tat, was ich tun mußte. Ich wußte, daß es richtig war. Ich erklärte dem Beamten, daß ich nach Iran gekommen sei, um meinen Freund und Lehrer Huschang Golschiri zu Grabe zu tragen. Der Beamte fragte mich über alles Mögliche und Unmögliche aus und schrieb meine Antworten eifrig mit. Dann mußte ich unterschreiben, was er notiert hatte. Zu meiner Verblüffung holte er meinen Paß hervor, drückte ihn mir in die Hand und entließ mich, nicht ohne sein Beileid ausgedrückt zu haben. Gegen halb fünf Uhr morgens erreichte ich das Hotel. Dreieinhalb Stunden später nahm ich mir ein Taxi. Vor der Iranmehrklinik hatten sich Tausende Menschen versammelt. Ich drängelte mich ins Krankenhaus und nannte an einer Tür, aus der Angehörige ein- und ausgingen, meinen Namen. Für ein paar Sekunden zeigte ich mich Farzaneh, damit sie wußte, daß ich gekommen war. Sie war in keinem Zustand, in dem sie hätte etwas sagen oder auch nur andeuten können. Von den Tränen war ihr Gesicht aufgeblasen wie die Brust einer stillenden Mutter. Ich wechselte ein paar Worte mit den Kindern, trat aus der Tür und verschwand unter den Trauernden.

Nach dem Begräbnis kehrte ich ins Hotel zurück. Ich hatte den Rückflug für die übernächste Nacht gebucht, um wenigstens ein paar meiner Freunde in den verbotenen Zeitungen zu treffen. Aber nun wollte ich einfach nur nach Hause. Diese Reise gehörte meinem Abschied von Golschiri. Ich kam beim Büro der Lufthansa telefonisch nicht durch, also fuhr ich hin, um den Flug umzubuchen. Den Abend verbrachte ich in der Wohnung der Golschiris, wo die engsten Freunde, Schüler und Verwandten zusammengekommen waren. Golschiri und ich hatten gemeinsam ein Projekt initiiert, junge iranische Autoren nach Deutschland einzuladen und eine Anthologie neuer iranischer Literatur herauszubringen. Er hatte bei seinen Lesungen in Deutschland so begeistert über die Arbeiten der jüngeren Schriftsteller und Schriftstellerinnen gesprochen, daß wir die Unterstützung des Goethe-Institutes und des Hauses der Kulturen der Welt erhielten. Ich besprach mit Farzaneh, wie ich das Vorhaben zu Ende führen mußte, damit es den Geist Golschiris in sich barg. Daß wir noch am Tage des Begräbnisses besprachen, wie sein Werk und sein Anliegen fortzuführen sei, half ihr ein wenig, so schien mir. Ich machte mir Notizen, und sie stellte mich seinen nächsten Schülern vor. Ich sagte ihr, daß die Veranstaltungsreihe und die Anthologie den Namen Huschang Golschiris im Titel führen werde.

Als ich das Flugzeug betrat, begrüßte mich die gleiche Stewardess, die mich in der Nacht zuvor verabschiedet hatte. Das sei aber eine kurze Reise gewesen, lächelte sie. Ich habe nur jemandem Auf Wiedersehen sagen wollen, erwiderte ich.

Anzeigen